KB071129

치마의 원주율

김애리샤

시인의 말

누군가와 같이 부르던 노래를
혼자 불러야 할 때가 온다면

그것이 바로
세상에서 가장 슬픈 노래
살아서도 죽어서도

나의 일용할 양식이 되어 준
엄마, 아빠
당신들과 같이 부르던 노래를
혼자 부를 수밖에 없는 지금

나는 만질 수 없는 당신들의
지나간 시간을 뜯어 먹으며
당신들 가까이 다가가고 있다

나는 나 때문에 고아가 되었다

2021년 겨울
김애리샤

치마의 원주율

차례

3부 아버지가 와서 내 손을 야금야금 갉아 먹는다

4부 난 진화하지 못해서 예쁜 동물

해설

1부

종이를 구기면
채송화가 피어납니다

외포리 여인숙

구정을 막 지낸 외포리 선착장 앞바다
멀미하듯 눈보라가 어지럽게 날리면
교동 죽산포로 가는 천마2호는
다음 날 아침까지 얼어 버린 바다에 갇혀
섬으로 돌아가지 못한다

외포리 여인숙 일 층 큰 방에 모여들어
떼꾼한 눈 어룽어룽 달래며
화투 점을 치기 시작하는 사람들
내일 아침에는 배가 뜨려나
모란이 그려진 화투장을 애써 찾아내
아빠 무릎 베고 누운 열 살 소녀

아빠가 화투장을 내리칠 때마다
들썩거리는 밤바다처럼 잠들지 못한다
가까스로 일어나 창문을 열면
엄마 냄새 같은 갯벌 냄새
얼음에 눌린 파도 소리가

소녀의 속눈썹 위로 내려앉는다

두께를 알 수 없는 소리로
쩡쩡 몸살을 앓던 바다 위 얼음들
밤새 구겨지던
겨울 밤하늘의 별자리들

내일은 배가 뜰 거야
밤새 얼음을 뒤집으며 들썩이는 파도 소리
눈보라가 외포리 여인숙으로 몰려들고

교동에 살았다

교동에 살았다 섬이 조금만 흔들려도 쉽게 흘러내리는 집, 발가락엔 이듬해 날이 풀릴 때까지 살얼음이 끼었다 더는 이사도 할 수 없었고, 우리들은 퀭한 눈 껌뻑거리며 틈만 나면 습자지 같은 배를 둥글게 말았다 아버지는 터져 나오는 울음을 틀어막느라 자주 손끝을 씹어대고 그럴 때마다 알 수 없는 서러움들이 젖은 지폐처럼 가슴 속에 차곡차곡 쌓여 갔다 반토막 난 공 같은 초가집 숭숭숭 구멍이 많아 그 틈으로 한겨울 바람들이 거리낌 없이 드나들곤 했다

간암 말기 선고받은 어머니는 온종일 방바닥에 붙어 허망한 물배만 키워대고 무덤처럼 둥글게 부풀어 오르는 얇은 뱃가죽은 투명하게 얼어 갔다 어머니는 사진틀 속 외할머니와 자주 대화를 나눴다 딸아 조금만 참으렴, 천당 가는 밧줄을 내려 줄게 배가 아파요, 엄마 말씀 때문에 배 속에 희망이 차서 점점 딱딱해지는 것 같아요 그러나 어머니의 배가 더 얼지 못하도록 따뜻한 이불 한 자락 덮어 주지 못하는 아버지 그런 날 밤엔 쌀겨처럼 가벼

운 눈발이 많이 날렸다 우리는 혓바닥이 퍼레지도록 눈
가루를 받아먹으며 둥글둥글 배부른 눈사람을 만들었
다 북쪽에서 내려온 바람이 우리 집을 짓밟고 지나갔다

고드름이 되어 버린 우리 손가락은 어머니의 언 배를
긁어댔고 어머니의 배는 터졌고, 흘러내렸고, 방바닥은
겨울 장마처럼 축축해졌고, 우리는 그 속에 빠졌고, 다
시, 식구들은 얼었고, 또다시…… 식구들은 모두 쉽게 녹
아내리는 가난한 DNA를 가진 눈사람의 자랑스러운 후
손들

교동에 살았다 우리가 살았던 집은 섬이 조금만 흔들
려도 쉽게 흘러내리는 집

쓸쓸한 전성기

장롱과 벽 사이 오래된 캐리어 하나 쭈그리고 앉아 있
어요
일부러 닦아내지 않은 캐리어 위 먼지들
침대에서 내려올 수 없는 당신처럼 아무 생각이 없어
보여요

한때 쌩쌩한 바퀴 굴리며 누군가의 여행과 함께 했을
캐리어
가슴속에 의미 있는 자국을 새기기에 충분했을 시간
을 생각해 봐요
살아가는 일은 어쩌면 서로의 가슴속에 바큇자국을
남기며 지나가는
낯선 바람일지 몰라요

당신이 지어 준 내 이름을 부르지 못하는 당신이 낯설
어요

몇 개의 이빨이 빠져 끝까지 닫히지 않는 고장 난 지퍼

사이로
　　누렇게 빛바랜 양말 한 짝 반쯤 걸려 있고요
　　어디로 향하던 발이었을까요
　　방향 잃어버린 발자국들이 벌어진 지퍼 사이로 측은
하게 새어 나와요
　　고장 난 지퍼는 친절해요
　　들키고 싶지 않은 비밀들까지 쉽게 쏟아내거든요
　　고장 난 당신 괄약근 사이로 배설물들이 아무렇게
나 질질 흘러요

　　차근차근 사라져 가는 여정들 위에서 캐리어 바퀴
한 짝이
　　녹슨 나침반처럼 저절로 떨리고 있어요
　　누군가가 끌어 주지 않으면 한 발자국도 떠날 수 없
어요
　　캐리어는 쓸모없이 심심해요
　　침대와 한 몸인 당신이 스스로 위험해질 수 없는 것
처럼요

혼자서는 숨쉬기조차 멈출 권리도 없는 잔잔한 지금
당신의 가장 쓸쓸한 전성기

스무 살 무렵

스무 살 무렵까지 인형 놀이를 좋아했다
작은 상자에 발가벗긴 마론인형들을 쌓아 놓고
뚜껑을 닫은 채 마구 흔들어댔다
흔들다가 팔이 아파져 올 때쯤 상자를 열면
인형들은 눈이 뒤집힌 채 숨을 헐떡이며
경기驚氣를 하고 있었다
난 인형들을 위로해 줄 맑은 눈망울을 가지지 못해서
미친 듯 웃기만 했다

그 무렵 내 눈은 캄캄했으나
옥상으로 떠오르는 달은 빛났다
달을 바라보며 재로 가득 찬 눈알을 씻어내는 동안
밤하늘에 둥둥 떠다니는 십자가들이 나를 에워싸고
미끌미끌한 노래들을 불러 주었다
늙은 매춘부 허벅지 살 같은 노래들은 너무 비려
나는 자주 복통을 앓았다
달빛을 머금고 있는 목련 꽃잎들을
한 장 한 장 따서 입안 가득 털어 넣고

잘근잘근 씹으며 착한 어른이 되게 해 달라고 기도했다

그러나 간절한 기도일수록 닿을 수 없는 거리를 유지
했다
씹을수록 질겨지는 풍선껌 같았다
풍선은 부풀어 오르지 못했고 옥상은 그믐으로 기울
었다
그믐일수록 높이 떠오르려 안간힘을 쓰는 십자가들
을 불러 모아
튼튼한 사다리를 만들었다
한 사람의 끝도 가 닿을 수 있으면 좋겠다고 생각했다

사다리를 한 칸씩 오를 때마다 옆집과 그 옆집과
또 그 옆집의 창문이 환해졌다 그러나
내가 사는 집엔 창문이 없었다
옥상에서 시들어 버린 어린 선인장에게
내 입 속 우물쭈물한 냄새들을 불어넣어 접붙이고 싶
었다

온통 뾰족하게 빛나는 선인장을 보고 싶었다
검붉은 가시들을 내가 사는 집 벽에 붙여 둔다면
밤마다 그윽하게 잠들 수 있을 것 같았다

너무 비려서 다 씹지 못한 노래들이 말을 걸어 오는
밤이면
달에 링거 줄을 꽂고 달빛을 한 방울씩 수혈받고 싶
었다
아주 느리게 맑은 눈동자를 그려 넣으며
모딜리아니의 여인들처럼 긴 모가지가 되어
아무도 없는 캄캄한 거리를 끝도 없이 바라보고 싶
었다

성장통

1

소사동 언덕길 초록색 철제대문 앞에서 사촌들은 언제나 은하수를 물고 웃었다 나는 연탄재를 뿌리며 별보다 빛나는 시뻘건 십자가들을 바라보았다 끝을 흐리며 번쩍이는 십자가의 심장을 안고 천국의 모양으로 접히고 싶었다 여호수아가 눈웃음을 흘릴 때마다 팔딱이는 심장으로 몰려드는 핏덩어리들, 그것들은 언제나 온유한 말씀으로 나를 안았다 밤공기는 은밀한 발소리를 내며 다닥다닥 붙어 있는 옥상들을 밟고 건너갔다 큰엄마의 주사가 새벽 세 시를 넘길 때마다 나는 마라의 죽음 Ⅱ*를 똑같이 그리는 상상을 했다 열어 놓은 창턱을 밟고 방바닥까지 십자가가 들어와 누웠다. 기도는 습관적인 회개였다

2

다이얼식 누런 전화기는 자주 울렸다
나의라임오렌지나무 나의라임오렌지나무
나는 일부러 천천히 그 속으로 기어들어 갔다

전화벨 소리는 나에게 밍기뉴였다

3
사촌들의 선물은 투명하게 빛나는 크리스털, 나는 유
리 조각들을 질경질경 씹으며 교회로 향했다 댕댕댕 새
벽 종소리 따라 바닥으로 번지는 핏자국들은 나의 체증
을 식혀 주는 기도였다 내가 건너는 바다는 왜 늘 누런색
이었을까 키가 큰 괘종시계엔 시침이 없었고 바로 옆 이
부자리엔 광목 침대보가 시체처럼 누워 있었다 부스럭
거리는 비닐봉지 소리는 닿을 수 없는 동화 속 과자의 집
냄새를 풍겼다 나는 전철 소리 따라 철커덩거리며 다리
를 절었다

4
주기도문을 되새김질할 때마다 귓속으로 걸려드는
어정쩡한 바람들 때문에 중이염은 마른 이끼처럼 번졌
다 항생제는 그러나 어설픈 내성만 키웠다 사촌들이 탐
스럽게 익어 갈 무렵 나는 곪아 터졌다 굴다리 아래 모여
나의 추모예배를 드리고 있던 사촌들은 예배 시간 내내

툴라의 표정으로 울타리를 쳤다 방바닥까지 들어와 누 웠던 십자가가 하늘로 올라가 빛나며 나를 인도하던 밤 이었다

* 뭉크는 두 번째 연인이었던 툴라와 헤어진 후 정신적으로 피폐해 진 자신의 모습을 코르데이에게 살해당한 마라에 빗대어 그렸다. 아 무런 죄책감도 보이지 않는 툴라에게 자신이 정신적으로 살해당했다 는 심경을 잘 반영한 작품이다.

너는
—할머니의 시체와 석 달을 지낸 중학생 이야기

너는 서 있다
다리미판 위에는 적색 담요가 깔려 있다
너는 견고하다
오른손엔 스팀다리미를
왼손엔 얼굴 하나를 들고 있다
부동자세로 서 있다
철로 만든 거대한 구두 밑창 같은 다리미로
마침내 너는 다림질을 시작한다
철판 온도가 최고점에 도달했을 때
스팀 버튼을 누른다
쉭
쉭쉭
스팀들이 쉭쉭거리며 네가 들고 있는
얼굴로 달려든다
드디어 얼굴이 녹아 흘러내린다
어둑한 귀퉁이에 솜이불로 덮어 놓은 할머니의 몸에서
꼬물꼬물 빠져나오던 구더기들을 무심하게 보던 눈과
열네 살이니까 흉기로 할머니를 죽여도 된다고 말했던

입과

썩어 가던 할머니의 냄새를 일부러 거부하던 코와

그 모든 것들을 아무렇지 않게 지나치던 통명한 볼살이

흘러내린다

얼굴이 으깨진다 뭉개진다

살이 타는 모양은 다 뱉어내지 못하는 말들을 닮았다

다림질이 끝났지만

너는 아직 거기에 있다

흘러내린 너의 얼굴을 수습하고 있다

적색 담요 위에 녹아내린 살점들을 긁어모은다

너는 목을 구부린다

너는 붙인다

너의 목에 뭉개진 얼굴을 붙인다

이제야 너는 너다

선물을 받으면 좋겠어

송림동에서 아르바이트가 늦게 끝나는 날은
왜 항상 버스비가 없을까
인천대학교 캠퍼스를 가로질러 자취방까지 걸어갈 때
제물포 지하상가 계단을 빠져나오며 쳐다본 하늘
쥐 눈알 같은 별들이 까맣게 빛나며 박혀 있어
매일 버스비를 걱정하며 송림동에서 수봉산까지
걸어 다니는 나는 살아 있는 걸까 죽어 있는 걸까

눈동자가 우주를 닮은 남자를
선물 받으면 좋겠어

쥐덫에 걸린 쥐의 눈알은
살아 있는지 죽어 있는지 알 수 없지
그런 쥐 눈알 같은 우울이
라라라 라라라 노래 부르며
뚝
뚝
떨어지는 반지하 자취방에선

나를 위로하는 세상도 우울하지
창문을 열면
하늘 대신 말라비틀어진 콘돔 같은
모르는 남자의 거시기가 보여
17번 종점 자취방으로 내려가는 계단엔
매일매일 깨진 병 조각들이 지린내를 풍기며 반짝거려

반지하 자취방으로 내려가는 계단에서
상자 하나 줍고 싶어
별자리를 가득 품은 눈동자를 한 남자가 담긴
선물 상자
그 남자의 눈알을 옷핀으로 콕콕 찌르면
눈 속에서 별자리들이 쏟아져 내릴지도 모르잖아
버스 탈 때 동전 대신 반짝거리는 별자리 하나 지불하면
우주 끝까지라도 날아갈 수 있을 거야

치마의 원주율

오래된 살구나무 옆으로 삐져나오던
구불구불한 모퉁이 길
그 길 따라 걸을 때면 자꾸만 벗겨지던
왼쪽 발 운동화
살구나무 아래에서 치마를 넓게 펼쳐 들고
받아내고 싶었던 살구 알들
운 좋게 치마 안으로 받아 들었던
몇 알의 살구들은
벌레가 먹었거나 덜 익었거나 이미
물러지기 시작한 것들
자꾸만 미끄러지는 열매들
나의 사랑을 힐끗거리며 사선으로
비껴가는 사람들
낮은 굽의 신발을 신어도
곧게 걸을 수가 없어서 나는
뾰족뾰족 무한다각의
원주율을 가지고 있어서
그 꼭짓점들 중 어떤 것들은

무디게 갈아내고 싶어서
시계 반대 방향으로 고개를 돌려 보지만
캄캄한 밤들만 진열되어 있어서
조금씩 벌어질 수밖에 없는 미래들과
더 먼 미래들
나는 쓸모없는 모서리를
너무 많이 가지고 있어서

허물어지는 새

너를 들여다보았어, 수많은 물방울들이 아무렇게나 섞여 바람이 밀어붙이는 방향으로만 움직여야 하는 흐릿한 날개가 가여웠어 하늘에는 이제 막 쏟아져 내릴 준비를 하고 있는 빗방울들이 조금씩 몸을 비틀어대고 있었어 만질 수 없는 검은 이파리들을 공중에 뿌리며 너는 어떤 모양으로 또 다른 꿈들을 바라보고 있었을까 세상 어느 누구도 너의 살갗에 스며드는 그림자를 신경 쓰지 않던 친절한 밤, 무거운 바람은 침잠하는 하늘에서 슈베르트의 마왕처럼 도망치려는 너를 자꾸만 질척한 허공으로 밀어내고 있었어 하늘엔 네가 움직인 자리마다 경계가 불분명한 눈물 자국들 어지럽다 아아, 허물어지는 쪽으로만 굳어진 습성 가득한 너의 세계, 그 가장자리, 어떤 위로로도 다가갈 수 없는 시행착오들 때문에 너는, 우울한 물빛 머금은 채 말줄임표만 찍어대고 있었다

반복되는 반복이었다

애인의 말 한마디에 구토하며 멀미를 앓아야 했던 시
간들이 나를 키웠다 한 번 어지러울 때마다 두 번씩 깊어
지는 수렁들 악몽 이전의 꿈들은 언제나 선홍빛 결과를
갈망했을지 모른다 꿈들은 또 미래로만 향하는 습성이
있어 미래는 자주 어두워졌다 사춘기의 내재율이 선험
을 이루던 관계들 신비로 얼룩졌었지만, 결국 소나기를
피하지 못하고 젖어 버리는 옥상, 고인 바람이었다 누군
가의 가슴 가까이 향하길 바라는 말들일수록 표류할 확
률이 높다는 걸 알게 되었다 말들은 옥상의 바람과 섞여
빠르게 증발되었다 나의 귀는 빈 병처럼 공허해져 아무
런 소리도 담을 수 없게 되었다 나를 지켜보는 시간들은
달의 운행 주기를 반복하며 사납게 태어났다 달빛이 희
번덕거리며 뚝뚝 떨어져 내렸다 손가락들이 어설프게
손톱의 날을 켜 들고 달빛을 갈아대기 시작했다 세상의
모든 날카로운 것들이 조력자라 생각했다 그러므로 나
는 달빛이 부서지기를 소망했다 이상형이란 이상형이어
서 반듯하게 접어 사춘기의 옥상 같은 서랍 속에 넣어 두
기로 다짐했다 한순간 반짝거리며 다가왔던 것들에게

복수의 마음을 내어 주는 건 그립다는 고백의 또 다른 방식일지 모른다 청보랏빛 열한 번째 애인은 하늘을 공격해 나를 멍들게 했다 삼 분간의 기쁨을 선사하고 세 시간 동안 옥상의 가이드라인을 깨뜨리라고 속삭였다 그럴 때마다 달빛은 충분한 악마였다 나는 지겹게 태어나는 눈물 방울들을 깨뜨려 허공에 뿌렸다 간간이 내가 갈아 놓은 달빛에 내가 걸려들기도 했다 사춘기의 옥상에선 매일 밤 이웃집 옥상을 침범하는 일과 그것을 속죄하는 회개가 가능했다 나의 세상은 반복되는 반복이었다 달빛이 무리를 이루며 나를 비웃고 자리를 떠나갔다

옥상에는 반쯤 목이 잘린 푸르스름한 빈 병만 흐릿하게 뒹굴고 있었다

덩굴장미처럼 아가야,

나는 헛헛한 허공을 오르는 중이었다
알 수 없는 깊이로 매몰되어 가는 나의
검붉은 장미꽃 같은 자궁 속에서
안간힘을 쓰고 있었던 아가야
그해 내렸던 느닷없는 봄눈은
나의 소망이었는지도 모른다
너의 세상은 향기롭게 얇아져 더는
네가 붙어 있을 수 없는 허공이었고, 그곳에서 아가야 너는
태어날 수 없는 심장을 부여잡고 어둡게 떨고 있었겠지
그러다 그만 허공을 디딘 붉고 동그란 아가야
너의 헛발질에 산독이 올라 나는 시들어 갔다

그해 봄눈은 포근하게 추웠고 살아가는 일은 살얼음이어서
너를 감싸 주기엔 쉽게 녹아 버리고 말았단다 아가야,
나는 차라리 딱딱하게 언 북극으로 가고 싶었단다
그러나 아가야,

그때 나는 가시들로 내성을 키우고 붉게 꽃피어나길 기도했단다
떨어져 나가야만 하는 꽃잎들과 살기 위한 절망들로 엉켜들었단다
욕망과 허술한 열정과 쉽게 녹아 버린 믿음으로
무덤 같은 허공으로 기어 올라갔단다

허공처럼 향기로운 무덤이 또 있을까

때론 밀어내는 것도 사랑이라 말한 사랑이 바람에 날려 어지러울 때
하늘로 올라간 아가야, 너는 그곳에서 성운으로 다시 태어나겠지
흩어진 너를 하나하나 불러 모아 붉은빛 장미성운으로 태어나겠지
허술하게 얽혀 있는 우리들의 가지를 끊어내면서

덩굴장미처럼 아가야,

나는 엉망입니다

나는 엉망입니다

종이를 구기면 채송화가
피어납니다
당신의 눈동자엔
금이 가 있습니다
꽃이 핀다는 건
당신이 손을 내밀고 있다는 것

아무렇게나 피어 있는
채송화 같은 당신에게
마음을 빼앗긴 건
순간이었습니다, 그러나

그 마음을
거두고 있는 지금은
영원입니다

그 마음을
붙잡고 있는 나는
엉망입니다

당신의 플루토

행성들이 피아노 소리를 내며 몰려다닙니다
그들만의 거리
그들만의 음악으로 서로를 부딪치며, 그래서
나는 흙과 얼음으로 된 왜행성의 하늘을 날아다니는
음표가 되었습니다
당신을 믿는 믿음을 안고 추락하던 날들엔
생강을 씹는 심정으로 춤을 추기도 했습니다만
여기가 끝인가 봅니다
가장 절정일 별은 아직 나에게 다가오지 않았습니다
과거는 짧았고 자전은 느리지만 계속되고
나는 당신의 중력에 반응하며 공전하고 있습니다
내 안의 모든 박자들이 한꺼번에 날아오르는 그 순간
당신의 목덜미에 칼을 꽂을지도 모르겠습니다
사랑이 때론 폭력이 된다는 걸 당신은 알까요
죽는 날만을 기다린다는 외로운 거짓말
안과 밖을 사이에 두고 있지만 없는 듯 서 있는 유리의
자세
　유리를 사이에 두고 있는 안과 밖의 관계는 얼마나 쓸

쓸할까
　쓸쓸하게 잊지 않는 것이 사랑에 대한 가장 강력한
복수
　우리는 서로의 기억을 우주적으로 잡아당기고 있습
니다
　이 모든 것은 비유입니다 나에겐 권리가 없으므로
　그러니 마음껏 오독하셔도 괜찮습니다

　당신의 궤도 안에 머물지 못하는 나는
　그곳에 없지만 여전히 그곳에서 공전을 멈추지 못하
고 있습니다
　당신의 범위에서 밀려난 나는 더 이상 플루토가 아
닙니다

　나는 길을 지우며 가고 있습니다, 참 멀죠

천사

다리 잘린 새가 살고 있다
새는 뼛가루 둥둥 떠다니는 동굴 속 협곡에 집을 짓고
앉지도 서지도 못한 채 피리를 분다고 했다

상형문자처럼 서로를 해석하지 못했던 날들이
바다 위에서 화장火葬된 뼛가루처럼 유유히 떠다녔다
난 당신 이마에 주홍글씨를 새겨 주고 싶었다, 지울 수
없는 피로

골제적骨製笛*을 연주하던 당신 입술 위에 번진 뼛가
루들
    음표가 돋아나야 할 자리에 박히던 그림 문자들
    당신과 나의 교집합을 위해 노래들은 붉은 혓바닥으
로 우리를 휘감았다

    나는 조각조각 쉽게 뜯기는 내 살들을 입안 가득 넣고
씹어 먹었다
    이빨 사이사이마다 새의 깃털을 바르며

그러면 당신은 이내 순한 별이 되어 환하게 웃을지도
모르니까

사후 세계가 천국과 지옥으로 나뉘는 이분법에 관한
기록인 것처럼
　신은 내게 은하수를 뿌렸다
　당신이 헤엄치던 바다엔 촘촘하게 압정들이 뒤집혀 흐
르고
　그 뾰족한 마무리들로 나를 살해하던 당신의 음표들
때문에
　심장 하나 꺼내어 소각하는 일이 아주 부도덕한 일은
아니라고 자위했다

　천사여, 무덤은 너무나도 예의 바른 정사각형이다
　당신은 더 이상 노래를 부를 수 없다
　풀리지 않는 앙크**를 위해 기도할 때 무한궤도 안에서
한 점點으로 살아나리라
　영원히 멈추지 않는 뫼비우스 사막 영역 안에서 살리

라, 다리 잘린 새처럼

　두꺼운 날개로 낮은 바람을 일으킬 수 있는 나는
　당신을 허물 벗겨진 새의 종아리라 부른다
　그 속에서 울리는 소리는 불경不敬이다
　나는 말끔하게 타 버린 당신을 안고 지상의 악보 속
을 헤매고 있다
　새들에게 당신의 뼛가루를 먹였다

　그리고 방금 새가 날아갔다, 흰 뼛가루 같은 빛을 뿌
리며

* 새의 종아리뼈로 만든 상고시대의 악기, 골피리.

** 영원한 생명으로 번역되는 이집트의 상형문자.

난정국민학교

밤마다 우르르 별자리들이 쏟아져 내리던 운동장
아직 덜 익은 시큼한 살구 알 같은 아이들
사방치기, 땅따먹기, 술래잡기로
온 운동장에 별자리보다 빛나는 발자국들 찍어댔고

플라타너스 이파리 사이 언뜻언뜻 보이는 밤하늘 아래
중학생 현우 오빠, 해성 오빠가 기타 줄 튕기며
긴 머리 소녀, 은지, 내가 먼저 사랑할래요
흠흠흠 밤공기 속으로 불어넣을 때
어린 나와 현미는 오빠들 손가락이 움직일 때마다
춤추는 음표처럼 설렘 가득한 심장 소리로 박자를 맞
췄지

빈 운동장에 그네만 흔들리는 난정국민학교
이순신 장군, 독서하는 소녀, 이승복 어린이
발자국 대신 이름 모를 풀들만 가득 핀 운동장

온 동네 아이들을 다 안아 주던 학교

이제 빈 그네가 바람에 흔들릴 때마다 앓는 소리를
내네
난정국민학교, 내가 피어나기 시작한 곳

그때 찍어대던 발자국들은 다 어디로 가서 빛나고 있
을까
그때 불렀던 노래들은 누구의 심장을 설레게 하고 있
을까

2부

그녀 등에 새겨진

물고기의 뼈를 본다

새의 발에 신발을 그려 주고 싶었다

뒷면의 숫자들이 투명하게 비치는 달력에
매화꽃 나무를 그려 넣던 엄마
가지 위엔 아직 녹지 못한 눈들

어디로 가야 할지 모르는 늙은 새 한 마리 날아와
하얗게 눈 쌓인 가지 위에 앉았다
발이 얼어 가는 속도보다 빠르게
꽃만 바라보는
새의 파란 눈빛, 그 속도 너머로
나는 뜨거운 색으로 새의 발에 신발을 그려 주고 싶었다

꽃이 보고 싶다며 콜록콜록 우는 엄마에게
엄마가 그린 매화꽃 그림을 보여 주었다
푸르죽죽하게 부풀어 살얼음 낀 새의 발
엄마는 발이 시려, 발이 시려서
걷기는 글렀다며 그림을 외면했다
내가 아무리 양말을 덧신겨도 엄마의 발은 녹지 않았다

할 줄 아는 거라곤 낮과 밤의 공기만 헤아리며
허기진 아가리를 쩍쩍 벌리는 것
그것밖에 몰랐던 우리
엄마의 겨울은 자꾸만 길어졌다
동상 걸린 발이 터지는 줄도 모르고
우리 발에만 양말을 그려 넣었던 엄마

엄마가 한순간의 장면으로 정지되던 날
그 순간 만져 본 엄마 발은 엄마가 그렸던 새의 발

엄마가 살아낸 지난 달력들을 모조리 태워
매화나무 가지에 쌓인 눈을 녹이고
얼어붙은 엄마의 발을 녹여 주고 싶었다

뼈로 만든 바이올린

당신을 운행하던 뼈들은 모두
어젯밤에 캄캄한 하늘로 올라갔지
눈처럼 녹아 버린 당신의 살들에 묻혀
숨 막힐 듯 조용할 내일 밤 나는,
바이올린을 연주해 봐야지

당신 심장에 핏줄들을 이어 붙여 만든
바이올린의 현을 조금씩 뜯어 먹으며
당신 이름을 불러 볼 거야
이름을 부를 때마다 한 방울씩 떨어져 내릴
핏방울들을 칭찬해야지
버리지도 잡지도 못했던 당신 속 암덩어리들을
예쁘게 연주해 줘야지

나의 연주는 무반주 바이올린 소나타
적막해질 허공을 흔들어댈 거야
당신조차 눈치채지 못하는 사이 텅 비어 버린
심장 속 기억들을 어지럽힐 거야

찡찡거리며 경쾌하게 우주를 운행할 거야
그러는 사이 당신은 천사가 될지도 모르겠어
살면 살수록 쭈글쭈글 얇아진 당신 삶 속을
느리게 날아다니는 가난한 천사

당신의 늑골들을 조각내 별자리를 만들고 싶어
그걸 밤하늘에 걸어 놓고 기도해야지
당신을 잊는 꿈이 이루어지길 연주해야지
너덜너덜 끊어져 버린 바이올린의 현처럼
밤하늘 깊이 엇박자로 몰려다니는
뼛조각과 초라했던 시간의 운행을
지휘할 거야

모든 것들이 사라져 가는 오늘 밤
내게 다가오는 어떤 질문에도
최선을 다해 대답하지 않겠어

당신의 허락 같은 건 필요 없어
현이 끊어져 나갈 때마다 난 당신을 버릴 거니까

지금 내가 할 수 있는 일은

이장인 아빠가 마이크를 잡으면 난정리엔
주황색 난초꽃 향기가 공지사항처럼 번졌다
선거철엔 아빠가 전송하는 하얀 봉투 덕분에
마을 사람들은 조금씩 부자가 되었고
죽산포 술집에서 아빠의 딴따라는
깊은 밤 잠든 파도까지도 깨워 춤추게 했다

아빠가 지금 누워서 볼 수 있는 세상은 천장
할 수 있는 일이라곤
천장 가득 태어나는 꽃송이와
춤추는 파도를 바라보는 일

아빠 기저귀를 갈아주는데
항문에서 찌그러진 달덩이가 굴러 나왔다
파내도 파내도 계속 나오는 달덩이
아빠는 점점 가늘어졌다

아빠 속을 다 파먹은 벌레들이 살이 올라

달덩이 흉내를 내며 아무렇게나 빛났다
가난도 아빠를 파먹고 무성하게 자랐었는데
쓸모없다고 생각되는 것들일수록 부지런히 자란다

아빠가 헝겊 인형이라면 배를 가르고
가증스런 빚들로 가득 찬 아빠의 장기들을
과일칼로 세심하게 도려내고 싶었다
그 속엔 우리의 시간이 얼마나 들어 있을까

지금 내가 할 수 있는 일은
평생 아빠에게 달라붙어 있던 허울 좋은 친절들과
가족들에게만 엄격했던 회초리들과 엿 같았던 고집
들을
파내는 일, 아빠 똥구멍에서 병든 달덩이를 채굴하
는 일
한때 생명의 기원이었을 아빠의 쭈글쭈글한 고환 아
래가
축축하지 않도록 새삼스럽게 잘 닦아 주는 일

아빠는 하루에 여덟 번씩 기저귀를 갈았다

아빠가 가벼워질수록 내가 무거워져서 행복했다

없다는 것

이젠 고아가 되어 버린 나
설날에도 추석날에도 찾아갈 친정이 없어

양지공원 부부 봉안당을 나오니
토끼풀꽃이 지천이네
내가 국민학교 다닐 때 엄마는
토끼풀꽃으로 보석을 만들었지
왕관도 만들고 목걸이도 만들고
반지도 만들고
그 빛나는 보석들을 다 내게 주었어

주렁주렁 보석들을 매달고
앞마당에서 춤추던 나
봉숭아도 과꽃도 백일홍도 함께 춤을 추었지

나비 같은 웃음으로만 나를 바라보던
엄마, 평생 제대로 된 금가락지 한 번
껴 보지 못했지

양지공원 마당에 핀 토끼풀꽃으로
엄마처럼 보석을 만들어
없는 엄마에게 주렁주렁 보석들을
달아 주고 싶어지네

없다는 건
기억의 그림자를 주렁주렁 남긴다는 것

내가 만든 왕관을 내 머리에 올리고
엄마에게 얼마나 잘 만들었냐 물어보고
칭찬받고 싶어

토끼풀꽃 같은 동그라미를 그리며
흰나비 한 마리 폴폴폴 날아오는 모습을 보네

없는 당신

없는 당신은 백목련 나무처럼
불쑥불쑥 발작하듯 꽃을 피워내

목련꽃처럼 튀어나오는 당신의 하얀 발
서늘하게 내 발등에 포개지는 밤
나는 없는 당신이 살던 집의 유리창들을
모두 깨 버리고 싶어져

당신이 부르던 나의 이름이
자꾸만 엇박자로 미끄러지며
후드득 발등을 관통해

없는 당신이 아예 없어지는 건 무섭지만
원래 없었던 것처럼
사라져 버렸으면 좋겠다고 기도하는 밤

창밖에 우두커니 매달려
나를 내려다보는 보름달 속에선

목련나무 가지 같은 당신 손가락들이
꽃잎을 밀어내고 있어

달 속에서 떨어지는 꽃잎들이
깨진 유리 가루처럼 반짝거리고
아무것도 잡을 수 없는 나는
그 먼 풍경들을 바라만 볼 뿐

없는 당신이
뜬소문처럼 나를 바라보며 지나가고 있어

웃는 사람

거기에서는
쓸모없어진 것들을 위한 노랫소리가
엉엉 타다 남은 머리카락 냄새처럼 흘러 다님
아무 때나 잘 웃는 게 장점인 나
냄새들의 흐름을 따라 웃음이 터짐
그와 나 사이가 아직도 연결되어 있다고 생각함

그는 나를 조종함
내 오른쪽 손목에 알람시계를 새겨 넣는 것으로,
알람은 내 속엣것들이 그에게 전송되는 통로
시간의 숨결을 응시하는 것만으로도
나의 눈물에선 그의 냄새가 솟구침

그를 풍장하고 돌아오던 날
세상은 온통 그가 타다 남은 냄새로 가득 참, 나는
손목시계의 시침을 가장 빠르게 돌리는 것으로
냄새들을 모조리 들이마심
뚱뚱해진 나는 거울 앞에 서서

창자를 비틀고 짜내어 구토함

그를 게워낸 토사물 속에
시계가 채워진 오른쪽 손목을 잘라 묻음
손목이 잘린 지점에서 키득키득 핏물이 쏟아짐
빠져나가는 핏물들만큼 나는 가볍게 웃을 수 있음

나의 장점은 아무 때나 잘 웃는 것
게워낸 토사물 속 그의 냄새들을 골라 먹으며 웃어 봄
내가 뱉어낸 걸 내가 다시 먹는다는 것
그를 견고한 투명인간으로 만들고 싶다는 의지
뿌득뿌득 멋진 유령이 될 때까지 그를 씹으며 웃어 봄

그와 나 사이가 아직도 연결되어 있다고 생각하니
웃음이 터짐

등에 새겨진 물고기의 뼈

그녀 등에 새겨진 물고기 뼈를 본다

샤워기에선 가느다란 파도가 쏟아져 내리고
물과 물 아닌 곳 욕실과 마루 사이
중간에 엎어진 물고기를 본다
벗겨지다 만 비늘처럼 엉덩이 아래쪽에 걸쳐진 바지
헐렁한 티셔츠는 등을 다 덮지 못했다
썩어 가는 물고기의 아가미가 그렇듯
그녀의 입은 반쯤 열려 있다
물고기는 소리를 들을 수 있을까
그녀의 귀에는 아무런 표정도 없다
일어서려 버틸 수 있을 만큼 버텼을 두 손이
쭈글쭈글해진 지느러미처럼 겨우 떨리고 있다
고집이 센 몸 비늘을
한 겹 한 겹 뜯어낼 때마다 그녀는 숨을 몰아쉰다
아직은 때가 아니라고 나무 숟가락으로 토닥이며
벌어지지 않는 그녀의 입을 벌려
연명할 먹이를 밀어 넣는다

나도 허기진 짐승의 족속일 뿐이라고 생각될 때
뜬금없이 고기가 씹고 싶어질 때
차라리 거울 속의 나를 꺼내고 싶다
나 같지만 나 아닌 나에게
죽어 가는 물고기를 손질해 달라 부탁하고 싶다

자기장

1

커튼을 닫는다, 빛나는 날씨가 두렵다 햇살은 생명의 근원 같은 것 창세기의 첫날이 내게 그걸 알게 했다, 친절한 설교로 어머니는 울먹인다, 마른 이파리 같은 입술에 침을 바르며 중얼거린다 이런 책은 먹지도 못한다, 도대체가 씹히질 않는다 그러나 나는 이미 그 속에서 허우적거린다, 넘쳐나는 진리의 말씀들은 어디까지 나를 구원할 수 있을까 어머니가 바퀴벌레 다리처럼 끈질긴 손가락을 움직인다 손바닥 안에 보여 줄 유서라도 움켜쥐고 있다는 듯, 그러나 가난한 사람들에게 유서란 손바닥 위의 짧은 운명선 같은 것, 빨리 사라지는 길 위에서 구겨지고 마는 것, 잘못 적은 메모지처럼 어머니가 접혀진 몸뚱어리를 편다 구겨진 종이를 펴듯 겨울 밤하늘에 얼어붙어 있는 인형처럼 나는, 단단하게 잘 견뎌내고 있다 아무 때나 달려드는 어머니의 중얼거림은 습관적인 칼질 같은 것 바득바득 눈알 부라리며 중얼거린다

애야 난 네 속에 들어앉아 있단다 태아처럼, 그게 진리

란다

2

오래된 속옷처럼 헐렁한 햇빛이 어머니의 얼굴을 덮는다 어머니가 눈살을 찌푸리며 이쪽으로 몸을 조금 비튼다 그러나 자유의지를 잃어버린 지 오래된 운동신경들, 속에 아직 길을 잃지 않은 감각들은 부질없다 어머니가 나를 바라보며 시체처럼 웃는다 부질없더라도 무언가를 알아볼 수 있다는 것은 다행일까 진리가 나를 자유케 하면 좋겠다

어머니 속을 파먹고 있는 마귀가 더 빠른 속도로 어머니를 포식했으면 좋겠어요

어머니가 종이보다 더 얇아져 햇볕 속으로 따뜻한 찬송가처럼 스며들게요

차마 뱉어내지 못하는 말을 나는 삼킨다, 대충 씹어서 재빨리

3

나는 효녀다, 던져지는 돌덩이들 앞에 태연하게 앉아
있을 수 있다 그런 뻔뻔함이 내 안에 있다는 것에 놀라지
않는 내가 기특하다

4

어머니와 나는 서로를 바라본다 돋보기안경을 쓰고
성경책을 보듯 꼼꼼하게 서로를 살핀다 어머니도 나도 우
리를 묶고 있는 진리도 구속을 끊어내진 못할 것이다 어
머니는 다시 몸을 접는다, 나를 바라보던 눈길도 거둔다
나는 지옥처럼 커튼을 무겁게 닫는다 그러나 햇살은 커
튼을 뚫고 기어들어 온다 뱀처럼, 나는 빛나는 날씨가 싫
고, 비열하게 속으로만 욕하고, 모든 시간의 초침은 부지
런히 어머니 몸뚱어리 위로 박힌다 어머니는 일부러 커
튼을 열지 않는다, 보호할 것이 남아 있다는 듯 N극과 S
극처럼 밀접할 수 없지만 자기 쪽으로만 끌어당기는 자기
장 같은, 서로의 무덤 속으로 둥글게 매립시키는 관계 나
는 어머니를, 어머니는 나를 사랑한다 당연한 습관처럼

바람의 형태

당신은
바람이 불면 생겨나는 사람

저쪽 끝에서 불어와 다시 저쪽 끝으로 사라지는
바람의 간격은 내가 당신을 그리워하는 만큼의 거리

움직이는 모든 것들 속엔 바람의 기척이 있다
지금 막 짙어지기 시작한 나뭇잎들을 만지며 지나간
바람의 잔향이 맴도는 여기에서, 당신은
없는 모양으로 무질서하게 나타난다

내가 믿기만 하면 어디에나 생겨나는 당신
은밀하게 불어대는 바람 속에서 나는 당신을
한 편의 시로 읽어내고 싶다
당신의 기척이 나와 부딪치는 순간의 형태를
우리만의 이야기로 만들고 싶다

당신은 바람이 불면 생겨나 나를 깨우는 사람

내 속에서 돌아다니는 바람의 향 때문에
심장은 초록 가득한 나뭇잎들처럼 기쁘게 부풀어 있다

내가 흔들리는 그곳엔 언제나 당신이 있다

동그라미 속의 동그라미

내 자궁 속에
물렁물렁한 동그라미가 자라나기 시작했다
그것이 들어앉은 자궁에선 월경이
노을빛으로 울컥울컥 쏟아져 내린다

노을에 대해 중얼거리는 그녀는
색맹처럼 태연하다
눈알만 남은 그녀를 핥아 주고 싶다
그녀가 눈꺼풀을 깜박일 때마다
내 자궁 속 동그라미가 순해진다

동그라미가 궁금하다, 그 속엔
얼마나 많은 색깔이 섞여 있는 걸까
한 사람의 색깔을 모두 섞는다면
무채색이 되겠지
결국엔 먼지가 될 테니까

내가 빠져나온 그녀의 자궁을 차곡차곡 접어서

내 자궁 동그라미 속에 밀어 넣고 시든 알을 밴다

애야,
넌 얼음 속처럼 따뜻하구나

그 속에 들어앉은 쭈글쭈글한 그녀의 자궁이
히죽히죽 웃으며 부푼다
그것이 터지도록 누가 비틀어 짜 준다면
타닥타닥 노래라도 부를 수 있을 것 같다, 나는

동그라미 속에 알을 배고
죽은 엄마를 낳았다

나는 죽어서 악보가 되겠습니다

나무는 죽어서 악기가 되었고요
갑자기 연주되는 찬송가 때문에
나는 흥에 겨워 울 수밖에 없었어요

모가지를 돌려 보는 가운데
등장사물 3인 옷걸이에
나를 걸어 말렸어요
그럼에도 불구하고 오늘은
망했어요, 왜냐하면
찬송가가 너무 흥겨웠거든요
태초의 뿌리에서부터 길어 올린
살얼음 밟는 소리를 내는
아버지의 목소리가 쩌렁쩌렁
반음씩 플랫되고 있었거든요
살금살금 길을 내며
우리를 연주하던 아버지
그의 울림통 속에 숨어 있던 우리는
각종의 눈물들

트레몰로 트레몰로의 박자로
마르고 흩어지는 시간들
보이지 않는 파동의 무늬로
우리를 연주하는 아버지는
진정한 현악기가 되었던 거죠
나는 아주 특별한 상황에
놓이고 싶었어요
아버지의
악보라도 되고 싶었어요
산발적으로 흘러다니는 별들의 뿌리
그것들을 불러 모으며
높은음자리표를 그리고 싶었어요

나무는 죽어서 악기가 되었고
나는 죽어서 아버지의 악보가 되겠습니다

쓸쓸한 사람들은 구름 속에서 자기 얼굴을 자주 파내곤 한다

하늘의 틈 사이를 채우는 무음의 바람들은
물방울을 끌어모으는 습성이 있다
한때 내가 불곤 했던 피리의 음계로
물방울들은 구름이 된다
구름은 어제의 나와 내일의 나 사이를 채우는
여러 가지 악보이다

안개가 성을 쌓는 새벽 바다 위로
갈매기 한 마리 떨어져 내린다
나는 축축해지고 어두워져
갈매기가 낸 길 위에서 변곡점을 찾아 헤맨다
떨어지는 갈매기의 귓속에
단순한 박자의 노래를 불어넣어 주고 싶다
구름으로 연주되는 나의 기억들이
완전히 지워지기 전에
아직 한 번도 낡아 보지 않은 시간들을
갈매기의 심장 속에 심어 주고 싶은 것이다

구름 속엔 계절도 없고 나도 없다
시간의 가면을 들추어 추억을 데려오는 그곳들,
본디 구름의 속성은 낡은 無이다
어떤 모양으로도 안정되지 못한다
어제도 내일도 아닌 수평선 위에서
연극처럼 지워지는 나를 만들어낸다

나는 포구를 지키는 작은 등대 앞에 앉아
구름을 만들어내는 일을 좋아했다
바다는 나의 조력자가 되어
건조한 바람들을 끌어모아 구름을 부풀렸고
정오의 무책임한 태양 때문에 나는
자주 그 속으로 투신했다

나를 가꾸던 유년의 음계들은
쓸쓸한 쪽으로만 채록되었다

감나무 아래에서

가지가 휘어지도록 우르르 생겨난 감들
그중 작고 못난 감들을 밀어내는 나무
떨어진 감들은 감나무 아래 풀섶 어딘가에서
떫은 피로 스스로의 상처를 덮는다

아홉 살 애란이가
아침에 눈 뜨면 제일 먼저 하는 일
감나무 아래로 달려가는 일
이슬에 발이 다 젖도록 상처 난 감들을 줍는 일

풋감 몇 알 주워 쌀독에 묻어 두면
상처에 새살 돋듯 주홍색으로 예쁘게 익어 가던 감
빨리 예뻐지라고 손가락으로 살살 눌러 보면서
애란이도 말랑말랑 익어 갔다

이파리조차 많이 달지 못하는 늙은 감나무 아래에서
풀섶을 뒤적인다
작은 상처들이 아물어 가며 달콤해진다는 것을

사십 년 전 아이는 알고 있었을까

각자 다른 곳에서 같은 계절들을 지나온 사이
제가 맺은 열매를 제가 버리며
나무는 무슨 생각을 하며 늙어 갔을까

죽산포

육지로 향하던 배들은
닻을 버리고
어디로 숨어든 걸까

갯벌을 붉게 물들이던 나문쟁이
바위마다 붙어 있던 하얀 굴 딱지
물 빠진 죽산포 갯벌엔
작은 게들이
저마다 넓혀 가는 구멍 속
바쁜 저녁 거품을 피워 올린다

누군가는 떠나고
누군가는 버린 곳

갯벌에 반쯤 몸이 박혀
밀물과 썰물에
아픈 몸을 누인 채
녹슬어 가는 닻

가끔 환호성을 터뜨리는
낚시꾼들

묵묵히 시간을 버티며
천천히 늙어 가는 죽산포

원기소와 까만 빵

둥그렇게 긴 하얀색 플라스틱 통
뚜껑 열고 구름 같은 솜 들어내면
동글동글 고소한 알맹이들이 있었지

동네 사람들 어디 아프면
주사도 놓아 주고 상처도 치료해 주던
아빠
큰딸 아프지 말라고 사다 준 원기소
한 알 한 알 꺼내 씹을 때마다
내 입속에선 고소한 아빠 마음이 녹아
천하장사가 되는 것 같았지

천하장사처럼 쌀가마니를 척척 나르던 아빠
마른 스펀지가 되어 빈 기억들만
숭숭숭 우물거리며

까만 빵 사줘 까만 빵 먹고 싶어

초코파이 한 상자 사다 아빠 머리맡에 놓아두고
간간이 먹여 드렸지
당신의 지나간 시간들 되새김질하듯
까만 빵 우물거리며 하얗게 웃는 아빠
원기소사 주던 아빠로 다시 변신할 수 있다면
세상 모든 초코파이를 다 사 드리고 싶었지

먹다 남은 까만 빵 속 마시멜로처럼 가벼워져
먼 나라로 여행 떠나는 아빠를 잡을 수 없었지
내가 아무리 원기소 천하장사여도
할 수 없는 게 있었지

고요하게 떠다니는 소리들이 별자리를 만들었다

용담해안도로에 파도가 높은 날이면 정화 씨 목소리
허우적거리며 내 귓속으로 밀려 들어왔다
"저게 바로 물꽃이야, 예쁘지?"
부서져서 만질 수 없는 그녀 목소리들을 한데 모아
예쁘다 예쁘다 잘 이어 주고 싶었다
부서지는 파도가 물꽃이라는 걸 그날 처음 알았다

그녀가 쓸모없어지는 동안 그녀에겐 아무런 참고서
도 없었다
정화 씨는 한 번이라도 부서지지 않은 적이 있었을까
그녀에게 일어나는 모든 불행의 배후에는
바깥에서만 웃는 아빠와 오토바이를 타고 냥냥거리
는 동생과
자기 똥을 비닐봉지에 꽁꽁 담아 장독에 넣어 둔 할머
니와
그 모든 우리가 있었다고 말해 주고 싶었다

수만 광년을 날아 캄캄한 우주 어디쯤으로

정화 씨가 숨어 버린 그해 여름,
간절할수록 아득해지는 그녀의 목소리가
소나기처럼 빠르게 지나가던 계절

자전거를 타고 해안도로를 무작정 달렸다
페달을 세게 돌릴수록 심장에서 울음소리가 났다
어수선한 공기 속에서 주소를 잃어버린 그녀의 목
소리가
나를 조종하는 것 같았다

적절한 말이 떠오르질 않아 입술만 물어뜯다
힘을 내어 노래를 불렀다
그녀가 날아가며 남긴 발자국들을 수집해 지도를
만들 거라고
그 속에서 허용되는 길들은 주소가 없어도 상관없
다고
난 언제나 길을 잃고 그녀의 끝까지 잃을지도 모른
다고

자전거 바퀴가 거대한 지구처럼 저절로 구르기 시작
했다

바람이 만든 노래를 부르며 허공 한 줌 쥐어 바다에 뿌
렸다
그녀의 목소리들이 부표처럼 떠다니며
어두운 바다 한가운데 별자리를 만들고 있었다

3부
아버지가 와서 내 손을
야금야금 갉아 먹는다

기일忌日

벌레가 기어 나온다
꽉 다문 성경책에서 저녁이 번져 나온다

밥통과 그릇들은 모르는 얼굴이고
체크무늬 유모차는 뒷바퀴 아래에
오래된 그림자를 감추고 있다

오늘이 아버지 기일이니까

문단속 잘해야 한다고
비밀번호는 비밀을 유지하고
앉은뱅이 현관문 손잡이는 겁이 많아
아버지는 겁쟁이였으니까,
턱을 지운 화장실 문이 친절하게 웃는다

애벌레 몸통 같은
형광등과 식탁과 의자들이 꿈틀거린다
방은 쉰내를 풍기고

휠체어는 젖으며 풀어진다
앨범은 밤의 길바닥처럼 두꺼워
펼치면 밤을 새야 한다

아가, 내 딸아,

벌레를 죽인다
벌레는 통통하게 살이 올랐다, 죽었는데도
피부는 뽀얗게 징그럽고 죽은 살이 불어
펴지는 주름들은 추악하게 예쁘다

아버지가 기어 와서
내 손을 야금야금 갉아 먹는다

스위치

딸깍 딸깍딸깍
한 번으론 말을 안 듣는다
고집이 세다
두세 번 당겼다 놓기를 반복해야
하얗게 켜지는 당신의 눈, 비로소
쏟아져 내리는 희미한 말들
오돌토돌 소름처럼 돋아나는
당신의 숨소리들
환함과 캄캄함의 경계에서
자주 깜빡거리는 당신은
손으로 읽어내야 하는 서사시

나는 당신의 입으로 죽을 밀어 넣고
그걸 빛이라 부른다
다시 당신의 항문에서 그걸 받아먹으며
너무 환해서 나는 울고 만다
당신은 단지 눈을 뜨거나 감는다
희미하게 색색거리며,

스위치를 당겨야만 반응하는 당신
고요하게 꿈틀거리는
빛에 대한 욕망들
내가 꺼 버려야만 하는 것들
천천히 줄로 된 스위치를 당겨 본다
딸깍, 딸깍, 딸깍
빛이 꺼지듯
당신도 어두워진다

없는 당신이 말한다
나를 좀 켜 주렴

비문증

방금 살이 통통하게 오른
모기 한 마리가 날아갔습니다

아버지는 죽어서
모기가 되었습니다

여름도 아닌데
눈앞은 모기 한 마리로 가득합니다

내 눈에 앉아서
나를 빨아먹고 있습니다

뾰족한 침으로 동공을 찌르고
흰자위를 벌겋게 흐려 놓고 있습니다

—선생님, 눈앞에 자꾸 모기 같은 게 날아다니는데요
—아, 많이 불편하지 않으면 그냥 지내는 게 최선입니다

나는 모기를 잡아서
터뜨릴 예정입니다

종이 인형

그녀는 눈만 동그랗게 뜰 수 있는 폐렴 환자였다
담당 의사는 이 정도면 오려내도 되겠다고 말했다

백지 같은 시트가 깔린 침대 위에서
그녀는 최선을 다해 얇아져 가고 있었다

여러 가닥의 호스가 그녀 몸에 매달려 바람을 불어
넣고 있었지만
그녀의 폐는 좀처럼 부풀어 오를 기미를 보이지 않
았다

나는 점점 얇아져 시트 위 무늬로 굳어 가는 그녀의
몸뚱어리를
세심하게 오려내기로 마음먹었다
싱싱한 팔과 다리를 붙여 주고 날개옷도 입혀 주기
로 했다

'엄마, 이만하면 됐어 내가 잘 오려서 예쁘게 만들어

줄게
　　그러니까 애쓰지 마'

　　난 의사의 말에 따라 예리한 가위가 되었다
　　날카로운 입으로 서걱서걱 그녀의 몸뚱어리를 물어
뜯었다
　　시트 위엔 그녀 대신 검붉은 무늬들이 새겨졌다
　　생명이 다해 가는 것들은 어떻게든 악착같이 흔적을
남긴다

　　그녀를 오려낸 자투리 시트를 재빨리 구겨 쓰레기통
에 던졌다
　　그녀를 병실 바닥에 간신히 세우고 춤을 추게 했다
　　가느다란 종이 발을 딛고 콜록콜록 흔들리며 춤을 추
었다

　　더 이상 오려낼 그녀가 보이지 않게 되었을 때 나는,
　　인형 놀이를 하고 있었다
　　목과 팔과 다리가 찢어지도록 춤을 추게 그녀를 흔들

어땠다

세상에선 볼 수 없는 구멍이 병실 바닥에 생겨났다
나는 나 때문에 고아가 되었다

신경치료

뜨거운 국물을 들이켜는데
왼쪽 아래 어금니가 욱신거렸어
양치질은 잘한다고 했는데
뭐가 잘못된 걸까
아침마다 기저귀가 넘치도록 똥을 싸 놓고
출근하려는 나를 멀뚱히 바라보던
당신도 그랬지

치과에 갔어
어금니에 금이 많이 가 있고
그 틈으로 충치가 깊어졌대
신경치료를 받기로 했지
진통제를 물도 없이 넘기곤 했는데
초점 없이 끈질기게 나를 잡던 당신의 눈처럼
알약의 쓴맛은 목젖에 끈질기게 매달렸어

생각보다 심하게 막혀 있는 신경관들
일일이 뚫고 치료해야 한다는 의사의 말

뻐근한 마취로 아무것도 느끼지 못하는 입속에
알아들을 수 없던 당신 목소리, 기계음들
잠깐 현기증이 났지, 어지러웠지
충치 먹은 치아처럼 조용히 무너져 가던 당신

치아 신경을 죽여 감각을 없애는 치료
뜨겁고 차가운 기억을 아예 삭제하는 치료
입속 기계음이 커질수록
깎여 나가는 충치처럼 내 속에 기생하던
당신도 잘게 잘게 부서져 떨어져 나갔어

영원히 해독되지 않는 마취제가 있다면 좋겠어
아, 어금니가 욱신거려

아빠 심기

세상의 모든 눈이
당신 폐포 속에 들어앉아
서걱거리는 숨들을 만들어내요

송곳으로 두꺼운 얼음을 긁어내듯
당신은 천천히 숨을 쉬어요
짝짝이 슬리퍼를 신중하게 신고 싶어 해요
바싹 말라 버린 뒤꿈치에선
쇠사슬 끌리는 소리가 나요
난 당신의 발을 심어요
자물쇠를 달아요
달아나면 안 되니까요
물뿌리개로 친절하게 물을 뿌려요
당신 머리와 가슴에, 손등과 발등에
물을 주고 키워요
잘 자란 당신이
쇠사슬을 끌며 걷다가
넘어졌으면 좋겠어요

내가 나쁜 소녀처럼 도망가면
싱싱한 숨을 쉬며
따라올 수 있을까요?
당신의 날들을
거꾸로 심어 보고 싶어요

마리오네트와 함께 춤을

햇살이 병실 창문 위로 너울거리며 링거 줄처럼 휘
어진다

여러 개의 줄로 숨소리를 유지하고 있는 그녀의 얼
굴은
항상 창문 쪽으로 나 있다

잘 흐르게 만든 먹이와 오줌이 여러 개의 줄을 타고
그녀의 내부와
긴밀하게 내통한다

그것을 바라만 볼 수 있는 나는 졸음 섞인 웃음을 참
지 못하고
하품을 내뱉는다

나보다 착하게 그녀를 매달고 있는 줄들의 책임감은
아슬아슬하게 의무적이다

눈을 감는 것과 감지 못하는 것의 경계에서 그녀의 눈
동자는
폐사 직전 어린 개처럼 말똥말똥하게 멍하다

그녀의 눈동자 속에서 깔깔거리며 울고 있는 나는 스
물한 살

나를 질투하는 그녀를 위해 나의 눈동자와 머리카락
과 입술과 심장을
그녀의 얼굴 위에 덧대어 박음질한다

아무렇게나 꿰매어진 그녀와 나는
지겨워질 때까지 서로를 잡아당긴다

눈을 깜빡거리지 못하는 그녀를 위해
깜깜한 색 선글라스를 끼워 주고 싶다

그녀와 내통하는 모든 줄을 내게로 당기고 싶다

잡아당길수록 끊어지기 쉬운 자세로
그녀와 함께 춤추고 싶다

라일락꽃 속에서

애인이 죽었다
죽어서야 내 속으로 들어왔다
숨 쉴 때마다 나를 관통하는 죽은 애인
후, 하고 그를 밤하늘에 대고 불어 본다
원래 밤하늘의 색깔은 불투명하지만
그를 불어낸 자국 따라 깊어지는
길 속으로 걸어가다 보면
하늘의 내부는 더욱 투명하지 못하다
주홍빛으로 타들어 가는 허공에서
라일락꽃 향기가 묻어난다
애인의 새하얀 손바닥을 닮은 바람은
라일락꽃 향기를 실어 나르며
8월의 밤과 후덥지근하게 교신하고 있다
별들은 서둘러 구름 뒤로 꼬리를 감춘다

거문고자리에서 흘러나오는 음악들은
이별을 전제로 한다
늘 물이끼가 끼는 축축함 쪽으로 흩어진다

흩어진 애인의 등뼈는 어디쯤에서
부드럽지 못하게 휘어지고 있을까
명료하지 못한 십자가의 붉은빛들은
왜 천사의 편일까
천사들은 새벽마다 라일락꽃 흐드러지게 풀어진
은하수를 가로지른다
그럴 때마다 물비늘들이 천사의 날개에 따라붙지만
인연은 깃털처럼 부드러운 것만은 아니다
몇천 년이 더 흘러도 날개는 그가 죽어 가던
여름밤보다 짙은 절망으로 꺾이곤 할 것이다
나는 시들어 가는 라일락꽃 향기 서너 조각
주워 들 것이다
새벽녘으로 꼬리 흐리는 담배 연기 몇 줌
들어 올릴 것이다
덧없이 흐르는 거문고의 운율들이 다만
불신 때문만은 아니라는 걸 알게 될 것이다

인연은 때론 일부러 잃어버리고 싶은 마음이

앞서기도 하는 것이다

다닥다닥 붙어 있는 옥상들마다
라일락꽃처럼 주렁주렁 십자가들이 나부낀다
내 속에선 애인이 흐느끼는 소리를 내며 나부낀다
머리카락을 올올이 헤집는 밤바람의 미로 속에
나는 헝클어지며 갇혀 있는 것이다
그는 죽어서야 내 속으로 들어왔다

김매는 사람

그는 평생
김매는 사람이었다

배추밭에 감자밭에 어린 수수밭에
자라나는 잡초들을 뽑아내느라
고개를 들어 본 적이 없었다

모낸 논에, 살아 보겠다고
자라나는 피들을 뽑아내느라
그의 발은 언제나 부르터 있었다

그의 가슴과 등은 그대로
밭이고 논이었다

잡초들을 뽑아내며 피를 뽑아내며
그는 마음속 그리움들도 뽑아내려
애썼다, 그러나

김을 매고 또 매도
사라지지 않는 풀이 있었다

아무리 밟아도
아무리 뽑아도
죽지 않는 고향

아버지는 평생
북쪽에 두고 온
마음밭 김을 매셨다

보신탕 끓이는 남자

송림시장 고기 골목에 가면
넓적넓적 시뻘건 뒷다리들

그는 보신탕 끓이는 남자

툭 툭 툭 나무 도마 위에서
잘리고 발리는 뒷다리
들통에 푹푹 삶아 건져내면
포슬포슬 잘 썰리는 살덩어리들

가슴속 어디쯤 달라붙어 있는
바람 같은 어릴 적 아랫목
고기 썰어내듯 떼어내려 애써 본다

삶아낸 살점 넉넉하게 넣고
그때 아랫목 따뜻한 바람들
한 움큼씩 쓸어모아 깻잎에 싸서
잘게 채 썰어 넣는다

뭉근하게 끓인다

그는 보신탕 끓이는 남자

한 숟가락 고봉으로 떠
입에 넣는다
고깃국이든 그리움이든
한 번에 많이 먹으면
목에 걸리는 법 목이 메는 법
사레가 걸리면 왜 자꾸 눈물이 나는지
국물은 뜨겁고 가슴은 시리다

들깻가루를 통으로 뿌려 넣어도
고향 집처럼 버티고 있는 잡내
잡내처럼 사라지지 않는 고향 생각

살아 있는 동안 떼어내지 못했다

분꽃

앞뜰 화단 가득 분꽃이 피었네
칠월이라 아직 환한 저녁 무렵
소심한 나팔처럼 하나씩 분꽃이 피어나면
엄마는 저녁을 지었네
아궁이 앞에 앉아 있는 엄마의 얼굴은
분꽃처럼 진분홍색이었네

별이 뜨지 않는 밤
분꽃들은 등이 되어 앞마당을 밝혔네
올망졸망 모여앉아 뜨지 않는 별에 대해
이야기를 나누는 것 같았네
그때까지 집에 오지 않은 아버지는
한 번이라도 분꽃 등을 본 적이 있었을까

아침이면 밤하늘이 문을 닫듯
분꽃들도 얼굴을 감췄네
밤새 작은 바람 소리에도 엄마는
자주 뒤척였고

엄마의 아침도 분꽃처럼 닫혔네
평생을 분꽃처럼 살았네

분꽃 씨앗처럼 까맣게 쭈글쭈글해지던 엄마
화장터 화구에 들어가기 전 곱게 분칠했네
분꽃 씨앗 한데 모아 터뜨리고 하얀 가루 받아내어
곱게 분칠했네

죽어서 제일 예쁜 엄마 얼굴
진분홍색 한지로 분꽃 꽃다발 만들어
관 속에 누워 있는 엄마 발치에 놓았네

엄마가 상 받던 날

하루에 다섯 끼니도 더 먹는 할머니는
언제나 빈 밥그릇처럼 헛헛한 말들만 뱉어냈네

신문지에 똥을 누고 비닐봉지에 담아
고추장 항아리에 꼭꼭 숨겨 두던 할머니

목사님이 다녀가도, 담임선생님이 다녀가도
엄마가 다른 남자랑 붙어먹었다고 소리소리 질렀네

어느 날 초저녁 닫힌 부엌문 틈새로 새어 나오던 엄마
신음 소리
  너무 궁금해 들여다봤는데 아빠가 부지깽이를 들고
서 있었네

먼 데 사는 큰며느리, 명절에 어쩌다 우리 집에 오는 날
이면
  셋째 며느리 엄마는 할머니와 큰엄마의 안주가 되었네

자네가 참게 노친네가 뭘 알겠나
큰엄마의 목소리는 하느님처럼 자상했네

어느 해 어버이날 엄마는 효부상을 받았네
기뻐할 줄 알았는데 엄마는 우는지 웃는지
알 수 없는 표정을 하고 눈물만 흘렸네

수정산 우물로 떨어지던 함박눈

그믐이 깊을수록 환해지는 풍경
어머니가 초롱 가득 물을 긷던 우듯물 뒤쪽 수정산
자작나무 숲 언저리에서 나는 무슨 일로 흐느꼈나

온통 하얗게 흐려지던 어머니의 등은
옹이가 많은 자작나무였네
헤아릴 수 없는 풍화작용으로 곱게 패여
어머니 등에 새겨진 무늬들
그 속을 한참 들여다보다가 길을 잃었네

회색 깃털을 가진 새 몇 마리 재빨리 날아가고
허공을 더듬는 가지들의 움직임은 가늘어서
자주 꼬이는 모양으로 서운했네
우물 속에도 비치지 않는 텅 빈 허공
그곳에 눈을 맞추는 일은 자작나무 숲 언저리에서
길을 잃는 것이었네

어머니 등에 패인 물지게 자국을

가만히 쓸어 주고 싶었네
더듬더듬 바람이 드나드는
어머니 등뼈들을 만지다가
마른 이끼처럼 핼쑥하게 피어나던
눈과 코와 입과 귀와 마주쳤네
자꾸만 가늘어지던 어머니의 얼굴
옹이가 많은 자작나무처럼 예뻐 보였네

한 사람이 예뻐 보인다는 건
그 사람의 마지막과 가까운 곳을 본다는 것

가느다란 그믐달이 낮아지는 만큼
어머니는 멀어졌고 숲은 환해져
나는 우두커니 길을 잃어버렸네
어느 방향으로도 움직일 수 없었네

내가 흘리던 눈물들은 모두 함박눈으로 떨어져
옹이가 많은 어머니의 등을 적셨네

샴

'넌 누구냐?'

난 여전히 추워
가족사진 속에 죽어 있는 네가 찍히는 것처럼
너의 죽음이 그리워
같지만 다른 종의 우리를 봐
서로를 빨아들이고 서로의 머릿속으로
기어들어 가고 있어
사지만 남은 돌연변이 물고기가 되어 가고 있어
우리는 우리의 우리 안에 갇혀 있어
그것을 깨려고 하는 순간마다 너와 나는
재빠르게 실종되어 버려

집요하게 나를 바라보는 네 입술의 주름들을
징그럽게 세어 보면서 난
꼬박꼬박 늙어 가고 있어
아무리 나를 껴입어도 나는 추워
난 네가 담긴 외투

온전히 입을 수도 버릴 수도 없는 외투
채워지지 않는 단추 사이로 바닷물이 쏟아져 나와
우린 저주받은 대륙일지 몰라

아무리 네가 나의 든든한 척추가 되어 주어도
난 여전히 추워
알고 있지?
우리의 효용가치는 거기까지라는 걸

잠들고 싶어 등을 기대면 네가 나에게 물어

'넌 누구냐?'

찢어진 조각들을 이어 붙이며

중학교 이 학년 때
우린 같은 반이었지

시험 기간에 마당에 그 애 얼굴 그려 놓고
시험 망쳐라 시험 망쳐라 막대기로 마구 낙서를 했어
내가 그 애보다 시험을 잘 보고 싶었거든

시험 끝나는 날 그 애가 전해 준 편지
난 네가 정말 좋아
덜컹거리는 하교 버스 안
내 심장은 버스보다 더 덜컹거려 너무 창피했지
집에 와서 몇 번이나 다시 읽어 본 그 편지

답장을 쓰고 싶어 편지를 찾았는데
아무리 찾아도 없었지
결국 아궁이 속에서 산산조각 난 그 편질 발견했어

엄마 몰래 까만 재 속에서 편지 조각들을 골라내

테이프로 이어 붙였어

스무 살이 지나고 마흔 살도 지나고 쉰 살도 지나고
그동안 난 얼마나 많은 편지들을 이어 붙였을까
내가 찢어 버린 사람들의 마음
나를 찢어 버리고 사라진 사람들의 마음

찢어진 조각들을 이어 붙이며
나는 나도 모르게 어른이 되었어

이쯤의 어른이 되어서야 알게 된 거야
어른은 항상 찢어질 준비가 되어 있는 사람이라는 걸
아무리 잘 이어 붙여도 붙인 자국은 남게 된다는 걸

분갈이

더 이상 자라지 못하는 가지들
자꾸만 작아져 가던
당신의 팔과 다리를 닮았다

분갈이하기 위해 나무를 뽑았다
둥근 화분 모양으로 가늘게
갇혀 있는 뿌리들

어떤 화분으로도 옮겨 심지 못했다
당신을 풍장하고 돌아오던 날처럼 기도했다

바람이 가는 곳이면 어디든 가라고
갇혀 지내지 말라고

4부
난 진화하지 못해서 예쁜 동물

앵무새 되기

밤도 아니고 아침도 아닌 미묘한 시간에
원근법은 사족입니다
세상에 없던 것을 만들어내고 싶은 욕망으로
아직 잠들어 있는 당신의 엄지발가락을
빨아 봅니다
큐비즘 시대의 그림들을 감상하는 기분으로
빨아 봅니다
꿈틀거리는 발가락 때문에 공연히 나는
앵무새를 노려봅니다
실눈을 뜨고 있던 앵무새는 고의로
혀를 굳히고요

백목련 꽃잎들을 이어 붙여 만든 이불이
아름답다고 생각해 봅니다
시간이 지날수록 변색될진 모르지만
변색이 시작되는 그 지점은
꽤나 매력적일 겁니다
원근법이 필요 없는 미묘한 시간처럼

자연스럽게 흐려지는 경계는 작품이 될 확률이
큽니다
그러니 각종의 색깔로
나를 덧칠해 주시면 됩니다

저를 그려 주세요
조각조각 나눠서 편집해 주세요
머리에 발을 붙이고 혀 위에 사타구니를 이어 붙이고
가슴과 엉덩이 위엔 각각의 손가락들을 올려 주세요
눈과 귀와 입은 필요 없습니다
평면적으로 해체하고 편집하기를 반복하면 됩니다

내가 완성작이 되어 갈수록
당신의 엄지발가락이 사라지고 있습니다

나를 지켜보던 앵무새가 드디어
말을 하기 시작합니다
내 목소리를

나처럼 말하기 시작합니다

낙타와 눈곱

나는 당신의 눈곱이 되기로 마음먹었어요
아무도 모르는 사이 당신의 눈꼬리에 달라붙어 기생
하기로 했죠
그곳은 왜 그리 어이없이 황량하게 버석거리며 축축
한지
낙타의 눈물을 본 적이 있습니까

사막에선 밤과 낮의 경계가 뚜렷하지 않아요
검은색과 흰색의 구분이 사라지면 그뿐
어둠과 밝음이 교차하는 사막의 새벽에서 나는
당신이 파 놓은 발자국들을 차근차근 밀며 걸어가요
낙타의 등은 생각보다 물컹한 눈물샘입니다

당신이 바람이었는지, 바람이 당신이었는지 분명치
않아서
바람이 지나는 자리에는 항상 온도의 차이가 생겨
나요
그 자리에 남겨진 나는 어떻게 오래된 온도일까요

그래서 낙타는 언제나 무릎을 꿇고 짐을 내립니다

당신과 나의 온도 차이만큼 얼음 알갱이들이 무질서
하게 생겨나요
그것들이 자라나면서 우리의 경계는 모호해지고요
속눈썹이 짧은 나는 눈을 깜빡이는 버릇을 가지고 있
어요
깜빡일 때마다 미세한 얼음 조각들이 반짝이며 흘러
다녀요
낙타는 눈이 크고 속눈썹이 길어서 구차하게 아름다
운 걸까요

나는 수없이 많아지며 당신에게 기생하려 애썼어요
일교차가 큰 사막에선 낙타도 빙하기를 꿈꾸며 걸어
갑니다

싱글맘

귀가 안 들려 하나도 안 들려
아기는
우울한 항생제라서
못 하겠어요
우리는 혼자 살고
싱글맘도 좋아요
깃털이 뽑히면서
싱글적으로 싱글싱글 웃어요
쓸쓸하게 들렸음
기쁘겠다
엎어진 술잔은 억울해도
거울은 다정해요
그래서 나는
나를 안아 줘요
새가 되고 있어요
아기는 내가
혼자 우는 걸 방치해요
입술 껍질을 뜯어내요

깃털 뽑듯

미친년 미친년

엄마는

회오리치며 꺼지는

거울 속의 거울 속을

조롱하며 웃어요

스트레이트,

한잔할까요

겨드랑이 쪽 깃털로 만든

심장이 먼저

눈치채는 사람

표정 없는 표정으로

반짝이며

나를 들어 올려 줄 사람

누구일까요

가장 먼저

엄마가 된 사람은

누구일까요

완충지대

그런 경험 있나요?
주위의 모든 것들로부터 제외당하는 거요
아플 것 같다고요?
천만에요
생각보다 숨겨진 완충지대가 넓어서 아프진 않아요
다만 그곳이 물컹하게 후드득거리는 게
문제라면 문제일까요
예고 없이 내리기 시작하는 첫눈처럼 말이에요
우린 늘 예고 없이 제외되니까요
간격의 거리는 불안정해요, 완충지대처럼요
멀기도 하고 가깝기도 하지만 그뿐이에요
우리 사이는 그래서 결코 따뜻하지 못해요
착지하지 못한 채 울렁거릴 뿐이죠
중력이 필요한 이유일지도 모르겠네요
중력의 가벼움 때문에 내가 지워지고 있다는 생각
산발적으로 지워지며 떨어지고 있다는 생각
그러면서 이미 제외되고 있는 거죠
가까워질 수 없기로 결정되어 있는 거라고요

걱정이나 슬픔 따위는 집어치우고 온도만 생각하세요
더위와 추위가 교차하는 지점이요, 그곳에서
내가 제외되는 온도는 몇 도일지 알아내야 해요
그건 당신도 마찬가지입니다
서로 마주 보지 못해 아쉽다는 구차함들은
변명만 길러낸다는 걸 알잖아요
우리가 각각의 섬으로 떨어져 내리듯
첫눈이 내리는 오늘 아침
키우던 완충지대가 사라지고 있어요
나의 팔과 다리는 어디에 착지해야 할까요

나는 매일매일 제외되고 있어요

오빠, 그뿐이야

녹슨 하늘의 표면에서 난 무얼 찾고 있나

언제나 멀리 있는 태양은 구름을 먹어 버리지
툭툭 먹히며 소멸되어 가는 구름의 몸통 속
붉은 물기를 휘저으며 오빠의 속눈썹이 되고 싶었어
그뿐이야

건조한 구름이 오빠의 콧등을 건드리며
녹물기 홍건한 눈으로 내릴 때
겨울의 뒤편에 서서 기억할 거야
오빠가 허락했던 나의 포지션을,
그뿐이야

속눈썹의 의무를 다할 거야
오빠의 눈물샘을 공격할 거야
태양 속에서 재가 되어 가는 구름들을
안타깝게 조롱하며
애매한 각도로 오빠의 동공을 애무할 거야

그뿐이야

나는 알고 오빠는 모르는 우리들을 기억하면서
발랄한 뉴스로 가득한 신문지를 구겨 들고
녹슨 하늘을 박박 문질러 닦아 볼 거야
우리의 오래된 집을 끄집어낼 거야
두 개의 거대한 무덤으로 리모델링할 거야

오빠,
그뿐이야

원 플러스 원

나는 하나가 아니기도 합니다
나는 둘일 때 진짜가 되기도 합니다
나는 나뉘는 사람입니다

빛나는 다이아몬드로 줄칼을 만들고
정수리에서부터 칼질을 시작하세요
당신의 하루를 나눠 보세요

왼쪽과 오른쪽입니다
위와 아래입니다

나를 사면 아기를 돌보는 노인을 드립니다
우린 모두 쓰고 남잖아요
그러니까 반품은 미덕이 아닙니다

약간의 수치심만 있으면 됩니다
그래야 더 세심하게 나뉠 수 있습니다
더 쓸모 있는 사람이 될 수 있습니다

당당하게 나를 팔아 보겠습니다
누구, 나를 사실 분 없나요?
나를 사면 강아지와 욕실과 검은 방과 지옥을
덤으로 드립니다

나를 사 가세요
원 플러스 원, 그리고 플러스 알파

나는 당신의 당신입니다

토르소

명랑한 저녁입니다

사람을 믿는 일이란
몸통만 있는 개가 되어 가는 것입니까
입이 없는 개는 없는 귀를 의심합니다
꼬리로만 말합니다

차가운 쇠기둥이 내 속에
박혔습니다
아랫도리부터 심장까지
관통했습니다
시시각각 나는 당신을 믿는다고
믿었습니다
자상한 쇼윈도 같은 당신은 나를
투명하게 진열했습니다

나는 사지 잘린 개가 되었습니다

그래요, 나는 몸통만 남은 채
투명해졌습니다
내가 지워지는 사이 당신은
안녕하셨나요
있지도 않은 충직한 나의 꼬리는
웃음을 흘려댑니다

당신이 내 뒤에서
내 머리통을 들고
조용히 따라오는 저녁입니다 나는,
없는 머리통을 흔들어대며
더할 수 없이
명랑한 저녁이라고 생각해 봅니다

나는 사지 잘린 개가 되었습니다

액자

시간이 사라지는 시간
난 고야의 마야가 되어 머리카락을 풀어 헤쳐
바람이 풍기는 냄새들이 비리게 물결칠 때
기다란 풀들과 함께 누워 그걸 호흡해
드디어 내 머리카락들이 풀색으로 물들어
풀벌레 한 쌍이 거기에 둥지를 틀고 새끼를 만들어
찌르륵 찌르르륵 소리가 내 꼬리뼈를 간지럽혀

여기는 바람의 언덕

나도 풀벌레 한 쌍이 내는 소리를 질러
천만 개의 초승달을 간직한 하늘이 쏟아져
달의 모서리들이 내 위에 떨어져 박혀
내가 산산조각 나면서 은하수를 만들어
은하수를 가로지르며 낯설고 낯익은 바람이
노 저어 온다면 꼬리뼈를 치장해야지
난 진화하지 못해서 예쁜 동물

여기는 바람의 언덕

꼬리뼈를 바짝 세우고 머나먼 섬을 헤아려
웅크렸던 공기가 게으르게 발정 나기 시작해
뿌듯한 소문들이 생산돼
내가 사라져도 꼬리뼈는 남아
풀어진 내 머리카락들을 주워 올려
치명적인 작은 방 하나가 반짝거리는 바람을 만들어
바람의 여백들이 마야를 애무해

여기는 바람의 언덕
시간이 사라지는 곳

실수 같은 봄이 찾아와

잠이 오지 않아 창문을 열었는데
초승달이 가느다랗게 나를 바라보고 있던 밤
적적한 공기 휘저으며 심호흡 한번 했는데
당신 냄새 섞여 있어 눈물 났던 밤
꼭 당신이 아니어도 알 수 없는 누군가를
그리워하는 마음을 가질 수 있다고
애써 결심했던 밤

문득문득 실수로 채워져 더 빛났던 그때들

나의 향기를 예쁘게 말려 간직하겠다던
당신의 노래들은 뒤척일수록 멀어지고
나의 목소리는 점점 더 볼품없어지고
누군가의 마음속에서 지워져 보지 않고는
알 수 없는 순간들
그렇고 그런 순간들처럼
딱딱한 공기로만 채워지던 우리 사이
만질 수 없는 꿈들이 계속되는 새벽

불면증처럼 울던 나의 표정들
차라리 더 아픈 게 나을 수도 있다는 생각
실수를 실수라고 하기엔 너무 환했던 그때
세상 모든 밤들엔 출구가 없을지도 몰라요

당신과 나의 관계가 모두 진실할 수 없어서
얼마나 다행인가요
때론 아무렇게나 굴러다니는
돌멩이 같은 마음이 되고 싶어요

실수 같은 봄이 나에게로 왔어요

다정한 뱀

당신의 목을 잘라요 새끼 뱀들이 득시글거려요 한결같이 나를 노려보고 있어요 이럴 때 나는 외롭다는 생각이 들어요 목이 잘려도 평온을 유지하는 당신의 몸 그 속에서 만나는 낯익은 문장 같은 입술들 그러나 그 입술들을 해석할 수가 없는 거죠 벽시계는 담담하게 모든 순간들을 복사해요 난감한 이불 속 맹목적인 발가락들 결국엔 나를 짓눌러 버릴 꼬리의 무게 어딘가엔 꼭 가 닿을 꼬리의 시간들 이 모든 것들이 조금은 수준 높은 연극 같아요 액자 속엔 파가니니의 라 캄파넬라가 걸려 있거든요

흐느적거리는 새끼 뱀들을 한 마리씩 꺼내요 내 몸에 올려놓아요 구석구석 어디든 기어가도 상관하지 않아요 그러도록 방치해요 그리고 구멍에 쑤셔 넣어요 꿈틀거리는 뱀들이 사랑스러워요 나는 살고 싶은 뱀처럼 껍질을 벗어내며 매끈해져요 내가 뱀이 되어 가고 있을 무렵 액자 속에서 혼자 놀던 라 캄파넬라는 시계의 거친 역방향 나는 우주 무늬 천장에서 타올라요 새끼 뱀들은 다정해요

잘린 목을 수습하며 당신이 가늘게 웃어요 나는 오해
되며 발가락들을 움직여 보아요 흐물거리는 당신의 손
가락들이 불쑥 내 꿈속을 휘저어요 내 눈알에선 수증기
가 생산돼요 벽시계의 복사본들이 나를 초 단위로 나눠
요 째깍째깍 움직이다가 불현듯 멈춘 초침의 자리에서
나는 아무것도 아닌 가벼운 허물로 남겨져요 복사된 모
든 것들이 오밀조밀하게 낙하해요 방바닥은 암호 같은
새끼 뱀들로 미끄러워요 당신과 나의 전생 속으로 깊이
기어들어 가고 싶어요 당신을 물고 싶어요

쓸모없이 중요한 말들을 중얼거린다

폐유 속을 헤엄치는 자세로
나는 쓸모없이 중요한 말들을 중얼거린다
끈적끈적하게 따라 올라오는 기름 찌꺼기들은 다정
하다
내 입술이 번지르르해질 때까지 엉겨 붙는다
진득한 액체가 사타구니라도 스쳐 지나간다면
난 또 쓸모없이 중요한 말들을 중얼거릴 것이다
놀란 거웃의 자세로,

난 티라노사우르스 적的입니다
개나리꽃들이 활짝활짝 경기하는 뒷마당을 통째로
삼킨
플라워돌핀사우르스 적的입니다
수국과 국화는 친구라서 서로 다른 계절을 소유합
니다
모든 계절의 경계에는 익룡들의 날개가 있습니다
그래서 나의 잠 속은 언제나 백악기 적的입니다
(주의 요망: 당신은 절대 물리지 않을 것이니 나는 주

의해야 합니다)

　　이러한 현상은 내 입속에서만 가능합니다

　　나의 혀는 반은 공룡이고 반은 꽃입니다

　　공룡에 가까운 말들이 오래가는 법입니다

　　경계가 분명하고 정직한 꿈일수록 짜릿합니다

　　취해서 꿈을 많이 꾼 날은 멀리 갔다 온 익룡처럼

　　약한 피부로 된 날개를 한 겹 한 겹 벗겨낸다

　　그것으로 눈알을 덮으며 희망사항들을 흘려버린다

　　부끄럽지 않을수록 얇아지는 피부는 쓰라려서 안정

적이다

　　어떤 꽃은 일기 같아서 내 입술을 팽팽하게 부풀린다

미스터 플라워

매일매일 화장하며 시들어 가는 남자가 있다

창밖엔 벚꽃이 지기 시작했다
꽃잎들이 달빛에 반사된 어린 물고기의 지느러미처럼
헤엄치는 자세로 날아다닌다
그는 웃음을 참을 수 없어 행복에 겹다
한 번 터진 웃음은 멈춰지지 않아
수백 장의 눈물방울로 낙화한다

시계는 거꾸로 돌아간다
그의 얼굴로 기어오르던 여러 개의 혓바닥 위에서 멈
춘다
반 갑 분량의 담배 연기는 늘 뿌옇게 다정한 배경이 되
었다
개 같은 자세는 혓바닥들의 오르가슴이었다

인생은 너도 모르는 사이 순식간에 시들어 가는 것이
란다

그러니 얘야, 항상 웃어야 한단다
네가 너를 감추지 않으면 다른 사람들이 너를 감춰 버
린단다

그는 매일 화장하는 남자
그의 고백이 향하는 곳은 신사숙녀 여러분
고백들은 시들어 가며 차인다 자주 차여서 버려진다
버려져서 들키는 것을 못 참아 가볍게 자살한다
자살하면서 웃는다

그는 매일매일 화장하며 시들어 가는 남자
그가 내미는 꽃들은 언제나 바이바이*

* bisexual

자화상

고장 난 바퀴 위에 올라타 덜덜거리는 표정으로 굴러
다니지
세상 모든 일이 합법화된다면 우선 모르핀을 사 모을
거야
사지에 바늘 자국으로 전갈 문양을 새길 거야
사막 같은 구름 속을 무게도 없이 기어 다닌다면
그 길의 끝은 어디에 닿게 될까
발가락들을 갉아 먹는 모래 구덩이의 식욕 쯤은 아무
것도 아니야
모르핀을 찔러 넣듯 모래들을 먹어 치우면 그만이니까
쓸모없이 선한 낙타의 눈알들이 멀리 도망가도록 질경
질경 씹어서
지평선 끝까지 뱉어 버리면 심심하진 않을 것 같아
거대한 시계처럼 보름달이 떠오를 때
그 뒤편으로 숨어들어 마음껏 오르가슴을 느껴야지
초침은 착실해서 박자를 놓치는 법이 없잖아
활화산처럼 폭발하고 그 어딘가에 고장 난 바퀴를 묻
어 버리고 싶어

화산재는 모든 걸 덮어 버리는 게 매력이니까

태어날 때부터 인간의 말에 덮인 나는

그 이상도 그 이하도 발음해 본 적 없는 쾌활한 미아, 그러나

세상이 늘 쾌활한 것만은 아니어서

타인들 속에 섞여들어 또 다른 타인이 되어 버리는 나는

모래를 씹어 먹는 사람

새벽마다 모르핀 같은 술을 마시며 신에게 다가간다

하늘엔 영광 땅에는 평화

나에겐 표리부동 같은 아멘

자위自慰

이제 완전한 사막이 될 준비가 되었네
낙타의 등이 바스러지며 흘러내리네
그동안 나는 쓸모없는 오브제들을 생산하느라
혀 위에서 선인장들의 가시를 핥으며 비린내만 풍겨
왔네
그걸로 충분해 이젠 하늘을 애무하고 싶어
지겨워질 때까지, 그러나
하늘은 그저 거대한 이불일 뿐
나와는 별다른 관계를 갖지 못하네
몇몇 순간은 교정부호 같은 소나기들을 쏟아내기도
하지만
내 몸에 난 모든 구멍들의 팩트는 사막
아무것도 자라지 않는 메마른 둔덕
난 오아시스가 되기 위해 엎드려야 할까
드러누워 하늘을 쳐다보아야 할까
이쪽에서 허물어지면 저쪽에서 다시 세워지는 사막
을 위해
적절한 시간에 지평선으로 사라져야 할까

그러니까

눈꺼풀을 잘 덮고 모래바람을 즐겨야지

사막이 붉어지는 시간

노을이 사막을 집어삼키는 건 형벌이 아니라서

붉은 사막 속으로 내가 기어 들어가는 것도 죄가 아니
라서

난 다시 서걱서걱 눈알을 굴리며 걸어가네

자신을 한 번도 인정하지 않은 낙타처럼

하늘과 사막 사이에서

조금은 의미 있는 문장부호가 되고 싶은 것이네

그림자의 기억, 저 빛나던 그때로부터

이병국(시인·문학평론가)

나는 나 때문에 고아가 되었다

김애리샤 시인의 『치마의 원주율』을 펼치면 우리는 강렬한 첫인상을 경험하게 된다. 그것은 '시인의 말'에 적힌 문장, "나는 나 때문에 고아가 되었다" 때문이다. 무엇이 시인으로 하여금 고아가 된 이유를 자신에게 돌리게 하는 것일까. 김애리샤 시인의 시집을 읽는 것은 어쩌면 이 질문에 대한 답을 찾는 여정이 아닐까 싶다. '고아 의식'은 엄마, 아빠의 부재를 통해 형성된 것이겠으나, 시인의 저 의식은 부모의 부재 이전에 이미 시적 주체의 존재를 정의하는 정동인지도 모를 일이다. 그러므로 이 글은 시적 주체의 정동이 수행하는 '고아'를 자아 정체성으로 두고자 하는 시인의 마음을 살피는 작업이 될 것이다.

그러기 위해서 이번 시집의 전체적 맥락을 살펴볼 필요가 있겠다. 시집을 다 읽고 이 글을 읽는 독자라면 짐작할 수 있듯이, 이 시집의 주조主潮는 부모의 부재를 기억하고자 하는 시적 주체의 정동에 기인한다.

'간암', '폐렴', '병실', '병든'과 같은 직접적 표현이 등장하기도 하고 앓고 있는 이의 상황과 병간호를 하는 화자의 행위가 구체적으로 재현되기도 하는 한편에 '비문증'의 상징적 표현과 자학적 진술이 활용되면서 우리에게 시적 주체가 처한 상황을 머릿속에 그려낼 수 있도록 돕는다. 이러한 재현 양상은 시적 주체, 더 나아가 시인이 경험한 사실의 시적 변주라 할 수 있겠다. 이는 '죽음'을 상기시키며 시적 주체가 '죽음' 이후에 지속적으로 감당해야 할 고통, 즉 '고아'의 감각을 야기한 연원으로 확장되어 인식된다. '죽음', 특히 부모의 죽음은 일회성의 낯선 경험이지만, 그것은 절대적인 의미의 층위에서 주체의 삶을 영원히 낯선 어떤 것으로 만든다. 당연하게도 죽음으로 인한 부모의 부재는 그 영원성으로 말미암아 욕망의 대상과 삶의 준거를 상실케 하여 주체의 결여를 메울 가능성을 원천 봉쇄한다.

영원한 위안의 장소를 상실해 버린 시적 주체의 곁을 지켜 줄 수 있는 이는 더는 존재하지 않는다. 부모라는 유토피아를 상실한 주체가 취할 수 있는 태도는 상실의 아픔과 슬픔을 기록하고 애도함으로써 생물학적인 죽음을 삶의 한 과정으로 수용하여 이를 통해 삶과 죽음이 지닌 괴리를 지금 이곳을 살아가야 하는 주체의 가치로 전유하는 것일 테다. 이 지점에서 필요한 것은 결여의 절망적 상황을 지금 이곳에서 삶을 영위하는 주체에게 다른 의미의 층위로 구성하고자 하는 의지일 것이다. 그런 점에서 김애리샤 시인이 반복적으로 구성해내는 고통의 순간과 그로부터 파생된 존재의 자기염오自己厭惡가 지닌 정동은 유토피아를 상실한 자가 '시'라는 헤테로토피아를 통해 결여를 재영토화하려는 수행인지도 모른다.

다시 "나는 나 때문에 고아가 되었다"라는 문장에서 시작해 보자. 이 문장은 '시인의 말'에서뿐만 아니라 「종이 인형」에서도 반복된다.

> 그녀는 눈만 동그랗게 뜰 수 있는 폐렴 환자였다
> 담당 의사는 이 정도면 오려내도 되겠다고 말했다
>
> 백지 같은 시트가 깔린 침대 위에서
> 그녀는 최선을 다해 얇아져 가고 있었다
>
> 여러 가닥의 호스가 그녀 몸에 매달려 바람을 불어넣고 있었지만
> 그녀의 폐는 좀처럼 부풀어 오를 기미를 보이지 않았다

나는 점점 얇아져 시트 위 무늬로 굳어 가는 그녀의
몸뚱어리를
세심하게 오려내기로 마음먹었다
싱싱한 팔과 다리를 붙여 주고 날개옷도 입혀 주기로
했다

'엄마, 이만하면 됐어 내가 잘 오려서 예쁘게 만들어
줄게
그러니까 애쓰지 마'

난 의사의 말에 따라 예리한 가위가 되었다
날카로운 입으로 서걱서걱 그녀의 몸뚱어리를 물어
뜯었다
시트 위엔 그녀 대신 검붉은 무늬들이 새겨졌다
생명이 다해 가는 것들은 어떻게든 악착같이 흔적을
남긴다

그녀를 오려낸 자투리 시트를 재빨리 구겨 쓰레기통
에 던졌다
그녀를 병실 바닥에 간신히 세우고 춤을 추게 했다
가느다란 종이 발을 딛고 콜록콜록 흔들리며 춤을 추
었다

더 이상 오려낼 그녀가 보이지 않게 되었을 때 나는,

인형 놀이를 하고 있었다

목과 팔과 다리가 찢어지도록 춤을 추게 그녀를 흔들어

댔다

세상에선 볼 수 없는 구멍이 병실 바닥에 생겨났다

나는 나 때문에 고아가 되었다

─「종이 인형」 전문

이 시가 전하는 메시지는 분명하다. "폐렴 환자"인
엄마는 "여러 가닥의 호스"를 통해 겨우 생을 유지하
고 있으며 '나'는 그런 엄마를 간호한다. 하지만 "최선
을 다해 얇아져 가"는 엄마가 나아질 기미는 보이지
않는다. 수축하는 몸, 죽음을 목전에 둔 엄마를 위해
'나'가 할 수 있는 일은 "점점 얇아져 시트 위 무늬로
굳어 가는 그녀의 몸뚱어리를/세심하게 오려내"어 "싱
싱한 팔과 다리를 붙여 주고 날개옷도 입혀 주"는 것
이다. 이 행위는 마치 '종이 인형'을 갖고 노는 어린아
이의 행동으로 보인다. 엄마를 간호하는 일을 종이 인
형 놀이로 전유한 것으로 볼 수 있는데 물론 유년기
의 종이 인형 놀이와는 사뭇 다를 수밖에 없다. 유년
기의 종이 인형 놀이가 종이 인형의 옷을 갈아입히며

행위 주체로 하여금 미래의 가능성 속에서 다양한 정체성을 형성하는 계기로 작용하는 것에 반해, 엄마와의 관계 속에서 이 놀이를 상상하는 것은 '나'의 행위를 통해 '종이 인형'인 엄마의 죽음을 지연시키고 마치 삶이 지속될 수 있으리라는 믿음에 기반하여 움직임을 강제하는 것과 같다.

살아 움직이기를 소망하는 '활동活動'에의 강제적 요구. 그러나 "나보다 착하게 그녀를 매달고 있는 줄들의 책임감은/아슬아슬하게 의무적이다"(「마리오네트와 함께 춤을」)라는 구절처럼, 이 요구는 '나'의 상상적 세계에서만 가능한 것이면서 스스로에게 강제한 의무일 따름이다. 애도의 수행을 의무라고 여기며 한쪽에 떼어 두고 싶지만, "그녀의 내부와/긴밀하게 내통한"(「마리오네트와 함께 춤을」) 애착을 덜어내기란 요원한 일이다. 그러니 엄마가 나에 의해 인위적으로 "목과 팔과 다리가 찢어지도록 춤을" 춘다 해도 그것은 생명을 지닌 존재의 주체적 행위가 아닌 그저 생명력을 상실한 '종이 인형'임을 재확인하게 하는 절망에 가깝다. 엄마의 죽음을 회피하려는 '나'의 행위는 역설적으로 "세상에선 볼 수 없는 구멍이 병실 바닥에 생겨"나도록 하며 이는 메울 수 없는 결여로 남는다. "그녀와 내통하는 모든 줄을 내게로 당기고 싶다"는 욕망은 "잡아당길수록 끊어지기"(「마리오네트와 함께 춤을」) 쉽다는 것으로부터 고개 돌리게 한다. (여기서는 다루지는 못했지만, 아빠의 병구완과 부재 역시 같은 방식으로 형상화된다.) 그런 점에서 시적 주체가 느끼는 '고아 의식'은 부모의 부재보다는 그 부재를 거부하는 '나'의 정동에 기인한 것이라 할 수 있다. 이러한 거부가 불러온 고통의 시간은 충치와 같이 시적 주체에게 실체적 통증으로 전환되기도 한다. "뜨겁고 차가운 기억을 아예 삭제하는 치료"(「신경치료」)를 통해 고통을 없애고 싶지만, 바람과는 달리 여전한 통증으로 삶이 지속되리라는 것을 시적 주체는 체감한다.

새의 발에 신발을 그려 주고 싶다

「종이 인형」처럼 김애리샤 시인의 이번 시집의 시편들은 부재의 감각을 통해 "기억의 그림자를 주렁주렁 남"(「없다는 것」)기며 '고아 의식'을 언어화하는 데 복무한다. 조금 비틀어 말하자면, 그림자의 기억이 쓰는 시라고 할 수도 있을 것이다. 그 연장선에서 시인은 시적 주체의 결여를 돌보고자 하며 이는 주체의 기원을 모색하는 데에서부터 비롯된다.

오래된 살구나무 옆으로 삐져나오던

구불구불한 모퉁이 길

그 길 따라 걸을 때면 자꾸만 벗겨지던

왼쪽 발 운동화

살구나무 아래에서 치마를 넓게 펼쳐 들고

받아내고 싶었던 살구 알들

운 좋게 치마 안으로 받아 들었던

몇 알의 살구들은

벌레가 먹었거나 덜 익었거나 이미

물러지기 시작한 것들

자꾸만 미끄러지는 열매들

나의 사랑을 힐끗거리며 사선으로

비껴가는 사람들

낮은 굽의 신발을 신어도

곧게 걸을 수가 없어서 나는

뾰족뾰족 무한다각의

원주율을 가지고 있어서

그 꼭짓점들 중 어떤 것들은

무디게 갈아내고 싶어서

시계 반대 방향으로 고개를 돌려 보지만

캄캄한 밤들만 진열되어 있어서

조금씩 벌어질 수밖에 없는 미래들과

더 먼 미래들

나는 쓸모없는 모서리를

너무 많이 가지고 있어서

—「치마의 원주율」 전문

표제작인 「치마의 원주율」에서 '나'는 미래를 앞에
두고 "쓸모없는 모서리"를 가진 채 증명될 수 없는 어
떤 상태로 흘러간다. "구불구불한 모퉁이 길"은 "알 수
없는 깊이로 매몰되어 가는 나"(「덩굴장미처럼 아가
야,」)에게 허용된 유일한 길이다. 허나 "그 길 따라 걸
을 때면 자꾸만" 신발이 벗겨진다. 온전치 못한 상태
로 걸어야만 하는 길은 일종의 미래를 향한 삶의 양태
이겠지만, "무한다각"의 미래 가능성은 그 무한의 가
능성으로 말미암아 삶의 둘레와 그 지름의 비를 명
확히 잴 수 없는 불가해한 처지를 감각케 한다. 아무
리 "치마를 넓게 펼쳐 들고" "몇 알의 살구들"을 받아
내더라도 그것은 "벌레가 먹었거나 덜 익었거나 이미/
물러지기 시작한 것들"로 "자꾸만 미끄러지는" 기대이
자 "벌어질 수밖에 없는 미래"가 되어 '나'에게서 멀어
진다. 표류하는 불용不用의 주체가 된 '나'는 "쓸모없는
모서리"로 밀려난다.

어떠한 맥락도 부여받지 못한 채 덩그러니 방치된
시적 주체는 미래 이전부터 그래 왔던 것인지도 모른

다. "내일은 배가 뜰 거야"라며 "밤새 얼음을 뒤집으며 들썩이는 파도 소리"(「외포리 여인숙」)를 들어야만 했던 소녀가 그랬고, "섬이 조금만 흔들려도 쉽게 흘러내리는 집"(「교동에 살았다」)에 살았던 화자가 그랬다. 가난과 추위로 맥락화된 유년의 기억은 간암 말기의 고통 속에 침잠된 엄마와 그것을 무기력하게 감당해야만 했던 아빠의 모습으로 형상화되며 내일의 기대를 품고자 하지만 현실은 얼어 버린 바다에 갇혀 "쩡쩡 몸살을 앓던 바다 위 얼음"(「외포리 여인숙」)을 내면화한 과거 어디쯤 불안정한 상태로 머물러 있다. 그러나 "쓸모없다고 생각되는 것들일수록 부지런히 자란다"(「지금 내가 할 수 있는 일은」)는 것을 알고 있는 시인은 모서리로부터 벗어날 방법을 모색한다.

> 어디로 가야 할지 모르는 늙은 새 한 마리 날아와
> 하얗게 눈 쌓인 가지 위에 앉았다
> 발이 얼어 가는 속도보다 빠르게
> 꽃만 바라보는
> 새의 파란 눈빛, 그 속도 너머로
> 나는 뜨거운 색으로 새의 발에 신발을 그려 주고 싶
> 었다
> ──「새의 발에 신발을 그려 주고 싶었다」 부분

인용한 시는 "얼어붙은 엄마의 발을 녹여 주고 싶었다"로 끝난다. 즉 이 시는 부재한 엄마에 대한 그리움이 표면화된 작품이지만, 시적 주체가 엄마를 경유해 애도하는 자신을 돌보려는 태도가 드러나는 시로 읽히기도 한다. "새의 발에 신발을 그려 주고 싶"은 '나'의 소망은 「치마의 원주율」에서 자꾸만 벗겨지는 운동화라는 충족되지 못할 미래를 전유하여 죽음의 곁에 머물러 있는 자신에게로 향한다고도 볼 수 있다. 결핍의 층위에서 이루어지는 애도가 김애리샤 시인의 시편들이 그려내는 반복과 변주를 통해 상실의 깊이를 시적 주체의 불가피한 정동으로 전환한다는 점을 고려할 때, '나'의 소망은 부재한 대상을 의식적으로 그리워하는 한편으로 그리움의 주체인 '나'의 내적인 불화와 화해하려는 수행으로 읽힌다. 고통스러운 과거의 아픔을 언어화하는 이 수행을 통해 과거가 극복의 형태로 지금에 닿을 수는 없더라도 다만, 기억의 얼개를 거쳐 능동적으로 영향을 주고받아 외면할 수 없는 존재의 본질로 수용함으로써 결여된 존재인 '나와' "발이 얼어 가는 속도보다 빠르게/꽃만 바라보는/새의 파란 눈빛, 그 속도 너머로" 화해할 여지를 마련하게 되는 셈이다. 그런 연후에 비로소 시적 주체는 "초라했던 시간의 운행을/지휘할"(「뼈로 만든 바이올린」) 수 있게 된다. 이전의 "길을 지우며"(「당신의 플루토」) 다른 길의 가능성을 모색할 수 있는 것이다.

더 이상 자라지 못하는 가지들
자꾸만 작아져 가던
당신의 팔과 다리를 닮았다

분갈이하기 위해 나무를 뽑았다
둥근 화분 모양으로 가늘게
갇혀 있는 뿌리들

어떤 화분으로도 옮겨 심지 못했다
당신을 풍장하고 돌아오던 날처럼 기도했다

바람이 가는 곳이면 어디든 가라고
갇혀 지내지 말라고

—「분갈이」 전문

인위적으로 생장시킨 식물은 일정 기간이 지나면 '분갈이'를 해야만 한다. 화분의 크기가 식물의 생장을 제한하기 때문이다. 인용한 시에서 화분은 삶의 토대가 되는 현실 세계를 의미할 것이다. 당신을 애도하는 시적 주체의 인식은 죽음에 관한 보편적 정동을 넘어 다른 가능성의 세계를 바라본다. 제약과 강제에서 벗어나 열린 세계로의 다른 삶을 모색한다. 이를 죽음의 양태로 제한하는 것은 뿌리를 가둬 두고 가지가 자라지 못하게 하는 것과 같다. 오히려 죽음을 애도하면서 삶의 다른 방향성을 타진하려는 시인의 지향이라고 볼 수 있으며 "어제의 나와 내일의 나 사이를 채우는"(「쓸쓸한 사람들은 구름 속에서 자기 얼굴을 자주 파내곤 한다」) 긍정의 의지라고 할 수 있다. "찢어진 조각들을 이어 붙이며/나는 나도 모르게 어른"(「찢어진 조각들을 이어 붙이며」)이 되는 것이다.

삶이 나에게로

그럼에도 불구하고 "안과 밖을 사이에 두고 있지만 없는 듯 서 있는 유리의 자세/유리를 사이에 두고 있는 안과 밖의 관계는 얼마나 쓸쓸할까"(「당신의 플루토」)라고 말하는 주체의 목소리는 텅 빈 허공에서 방황하는 것처럼 들린다. 이유가 무엇일까. 아마도 그건 부모의 부재가 불러오는 상실의 감각이 너무나 깊고 무겁기 때문이기도 하거니와 유리를 사이에 두고 분리된 한편에서 관계의 지속을 꿈꾸는 주체의 비극을 걷어낼 장소가 실재하지 않을 수도 있다는 불안 때문일 것이다.

간격의 거리는 불안정해요, 완충지대처럼요

멀기도 하고 가깝기도 하지만 그뿐이에요

우리 사이는 그래서 결코 따뜻하지 못해요

착지하지 못한 채 울렁거릴 뿐이죠

중력이 필요한 이유일지도 모르겠네요

중력의 가벼움 때문에 내가 지워지고 있다는 생각

산발적으로 지워지며 떨어지고 있다는 생각

그러면서 이미 제외되고 있는 거죠

가까워질 수 없기로 결정되어 있는 거라고요

걱정이나 슬픔 따위는 집어치우고 온도만 생각하세요

더위와 추위가 교차하는 지점이요, 그곳에서

내가 제외되는 온도는 몇 도일지 알아내야 해요

그건 당신도 마찬가지입니다

서로 마주 보지 못해 아쉽다는 구차함들은

변명만 길러낸다는 걸 알잖아요

우리가 각각의 섬으로 떨어져 내리듯

첫눈이 내리는 오늘 아침

키우던 완충지대가 사라지고 있어요

나의 팔과 다리는 어디에 착지해야 할까요

나는 매일매일 제외되고 있어요

—「완충지대」 부분

'나'는 주위의 모든 것으로부터 "매일매일 제외되고 있"다. 그것은 이미 "결정되어 있는 거"라서 주체의 불안정함을 고착화한다. 그러나 "더위와 추위가 교차하는 지점"의 온도에서 눈의 결정結晶이라는 양태처럼 쉽게 녹아내리는 한편에서 쌓여 세계를 재구성하기도 한다는 것을 간과해서는 안 된다. "각각의 섬으로 떨어져 내리"는 "첫눈"이 완충지대를 삭제하는 것은 착지의 불안을 불러오지만, "더 쓸모 있는 사람"(「원 플러스 원」)이 될 수 있는 어떤 가능을 탐색할 계기가 되기도 한다. 그것은 자기염오의 정동을 지닌 '나'에게 "복통"을 야기하기도 하고 "착한 어른이 되게 해 달라"는 "간절한 기도"를 "닿을 수 없는 거리"(「스무 살 무렵」)로 멀리 떼어 놓기도 하는 등 충족할 수 없는 욕망으로 주체를 미끄러뜨릴지도 모른다. 그러나 스무 살 혹은 그 언저리의 나이로부터 멀리 온 지금의 시인에게 그것은 억압된 것의 귀환은 될지언정 삶을 붕괴시킬 공포가 될 수는 없다. 충족될 수 없는 근원적 결핍을 언어로 재현하는 순간 결여된 주체는 아이러니하게도 충분하지 않은 채 충분한 존재로 자리매김할 수 있게 된다.

김애리샤 시인이 반복해서 죽음을 재현하고 제외되는 삶을 궁굴리는 순간 '시'라는 헤테로토피아는 출현한다. 이를 실수라고 할 수는 없겠지만, 실수가 불러오는 긴장과 그로 인한 어떤 경이로움을 마주할 수 있다면 시적 주체의 결핍은 그 불가해함 자체로 기대할 만한 일일 것이다. "문득문득 실수로 채워져 더 빛났던 그때들"을 통해 이전과는 다른 세계를 만날 수 있다면, "실수 같은 봄이 나에게로"(「실수 같은 봄이 찾아와」) 오는 그 모든 순간을 기록할 만하지 않을까. 그 기록의 길에서 김애리샤 시인의 시적 주체가 지닌 자기염오의 정동은 가능한 삶의 다양한 양태를 모색하도록 우리의 손을 붙잡는다. 애도는 지속될 것이며, 불안은 여전히 우리를 잠식할 것이다. 그러나 이제는 그 너머로부터 다가오는 삶을 예비할 때이다.

치마의 원주율

2022년 1월 1일 1판 1쇄 펴냄

지은이   김애리샤

펴낸이   김성규

편집   김은경 김도현

디자인   김동선

펴낸곳   걷는사람

주소   서울 마포구 월드컵로16길 51 서교자이빌 304호

전화   02 323 2602

팩스   02 323 2603

등록   2016년 11월 18일 제25100-2016-000083호

ISBN 979-11-91262-93-3 04810

ISBN 979-11-89128-01-2 (세트)

* 이 책은 Jeju JFAC 제주문화예술재단 2021년도 지역문화예술육성지원사업으로 지원받아 발간되었습니다.